Nouvelle

# VALENTIN AUWERCX

## /!\ ATTENTION /!\

Ce livre contient des scènes violentes pouvant heurter la sensibilité des lecteurs.

Image de couverture : License ©MidJourney

*À mes plus fidèles lecteurs.*

*« Il n'y a parfois aucune différence entre le salut et la damnation. »*

—Stephen King

*« L'homme est le plus cruel de tous les animaux, il est le seul capable d'infliger une douleur à ses congénères sans autre motif que le plaisir. »*

—Mark Twain

# JOUR 1

## 1

« C'est quoi ce bordel ? »

Ce furent les premiers mots qui sortirent de la bouche de Duke à son réveil.

Enfin, *Duke*… Il ne savait pas s'il s'agissait de son véritable prénom, mais l'inscription gravée sur l'espèce de grosse menotte métallique qui encerclait son poignet gauche semblait l'indiquer : DUKE | A+M57T032.

Le tout ressemblait à une marque de voiture suivie d'un numéro de série. Duke n'avait pas la moindre idée de ce que cela pouvait signifier, mais il ne s'y attarda pas très longtemps. Non, ce qui l'intriguait surtout sur ce bracelet, c'était sa jauge de liquide noir de la taille d'une phalange. Quand il agitait le bras, une petite bulle d'air se promenait de haut en bas comme sur un niveau. Qu'est-ce que ça pouvait être ? Il n'en savait rien – tout comme il ne savait pas qui il était, ni où il se trouvait. Il s'était réveillé avec un mal de crâne, au milieu d'une chambre immaculée de blanc, sur un matelas aux draps soyeux, bordés serrés et parfumés à la lavande.

Avant ça…

Avant ça, il ne demeurait que le néant – gros comme un trou noir et aussi saisissant que les pattes velues d'une horrible araignée. Un trou dont la noirceur ne filtrait pas le moindre rayon de lumière.

Duke était devenu amnésique, et le pire, c'était qu'il en avait conscience.

Il avait l'impression d'être une coquille vidée de sa substance – un mannequin déshabillé et mis au placard. Il n'avait pas besoin de se regarder dans un miroir pour savoir à quoi il ressemblait. Il se souvenait très bien de son apparence. Il arrivait parfaitement à se représenter le grand homme noir, aux yeux sombres et à la barbe grisonnante, qu'il était. Aussi, il devinait la vieille cicatrice décolorée dans son dos, l'appendice qui lui manquait sous la peau adipeuse de son ventre, et le son grave de sa voix – semblable à un torrent de graviers. Il était comme un livre redevenu vierge. Il conservait toujours cette même couverture, ce même nombre de pages, ce même coin corné… Mais de toute évidence, le papier n'était plus neuf. Une histoire y avait été inscrite au crayon gris, puis gommée de bout en bout.

Il ne restait plus que l'homme vêtu d'une drôle de combinaison d'albâtre, appareillé d'un étrange bracelet. L'homme qui, à défaut de lumière cérébrale, se confondait dans les contours de son ombre.

Duke se leva et fit le tour de sa chambre. Un grand cadre était suspendu sur le mur qui faisait face au lit. Il renfermait une affiche sur laquelle était écrit noir sur blanc :

**REMOVE
POUR LE BIEN DE TOUS.**

# REMOVE

POUR LE BIEN DE TOUS

En dessous, il y avait une commode à neuf tiroirs. Duke y découvrit des serviettes, des caleçons, des chaussettes... L'ensemble était d'un blanc éclatant et sentait le propre et la lavande. Tout près se tenait un placard où baskets et combinaisons revêtaient cette même pureté incolore.

*Le domaine des anges*, pensa Duke. *Si le paradis existe, alors j'y suis à coup sûr.*

Il se dirigea vers la porte de sa chambre. Un papier cartonné pendait sur la poignée. Il le saisit et le parcourut du regard.

*Duke,*

*Je vous souhaite la bienvenue dans cette suite qui est la vôtre. Elle porte le numéro 108, et se situe dans le secteur numéro 4 de la station Remove. Nous avons scellé un bracelet autour de votre poignet gauche. Celui-ci vous servira de clé pour accéder à votre chambre, mais aussi à votre zone d'affectation – à savoir, le secteur numéro 4. Des sanitaires collectifs, un réfectoire, une salle de jeu, un cinéma, une bibliothèque, ainsi que bien d'autres espaces de détente sont mis à votre libre disposition.*

*En vous souhaitant un excellent séjour parmi nous.*
*Cordialement,*
*Henri Polos, directeur de la station Remove.*

« La station *Re-move* ? » articula Duke, un rictus aux lèvres. « Où ai-je donc atterri ? Dans l'espace ? »

Il balaya sa chambre du regard. Il avait prononcé cette dernière phrase sans véritable conviction, mais c'était à se demander si ce n'était pas vraiment le cas. La pièce était dépourvue de fenêtres. D'une propreté éclatante, elle semblait aseptisée de la moquette au plafond – lisse comme un bidon de javel, mais sans l'odeur. Et puis, il y avait ces espèces de combinaisons blanches sans poches...

*Après 2000 ans de cryogénisation, Duke sort de son sommeil en 4044 au cœur de la station lunaire Remove,* pensa le vieil homme avec ironie. *Il a perdu la mémoire, mais c'est un effet secondaire tout à fait normal. Il finira par la récupérer, et se rendre compte qu'il est le dernier survivant de sa famille – sa femme et sa fille étant mortes sur terre des suites d'une explosion nucléaire... Quelle tragédie !*

Il secoua la tête, un grand sourire aux lèvres. Tout ça, c'était le genre de conneries trop caramélisées qu'on pouvait trouver dans le fond d'un paquet de popcorn *CinéMax*. Il avait sans doute perdu les pédales, et on l'avait enfermé dans un asile – un truc du genre. Mais pour le savoir, fallait-il encore qu'il sorte de sa chambre, et c'est ce qu'il fit. Il ouvrit la porte et mit les pieds dans ce qui semblait être un couloir.

Au même moment, un homme maigre au nez crochu passa devant lui sans lui adresser un regard. Duke fit un gauche-droite de la tête et, remarquant qu'il s'agissait du seul individu dans les parages, courut sur ses traces.

« Monsieur ! » l'appela-t-il. Il le rattrapa et lui tapota l'épaule. « Excusez-moi ! Monsieur ! »

L'homme s'arrêta et se retourna avec torpeur. Son visage était gris et usé comme le tapis de sol d'un immeuble délabré. Son regard était aussi terne qu'une vitre dépolie par le temps.

« Mh ? lâcha-t-il pour grognement.

— Bonjour, monsieur ! Moi, c'est Duke. Enfin, je crois… »

Il tendit la main, mais le vieil homme la considéra comme s'il l'avait sortie de son slip. Duke la rangea de son côté, chercha instinctivement à la plonger dans sa poche, puis se souvint qu'il n'en avait pas.

Il croisa les bras.

« Je… Est-ce que vous savez où nous nous trouvons ? J'ai… Je crois que j'ai perdu la mémoire… Non, en fait, j'en suis sûr. »

Un bref instant, Duke eut l'impression de percevoir du dégoût dans le regard de son interlocuteur. Non, il en était presque certain. La mâchoire du vieil homme s'était resserrée, des rides sillonnaient son front comme râteau sur le sable, une flamme venimeuse s'était allumée tout au fond de ses yeux. Il s'était retenu de sortir sa langue de vipère, retenu de lui siffler au visage – *TSSSS, dégage de ma vue ou je te mords !*

Duke leva les mains comme menacé par une arme.

« Je ne voulais pas vous déranger, dit-il. C'est juste que je ne… »

Atone, le vieil homme secoua la tête, haussa les épaules et reprit son chemin comme si de rien n'était. En le regardant s'éloigner, Duke remarqua qu'il trainait des pantoufles comme un skieur de fond à bout de souffle, et que ses cheveux gris formaient une queue de rat qui retombait mollement sur sa nuque.

*Plus aucun doute. Je suis dans un asile*, pensa-t-il.

Il décida de le suivre et emprunta la direction de la double porte située à l'extrémité du couloir. Soudain, des haut-parleurs se mirent à grésiller. Une voix féminine se fit entendre :

« Nous sommes le 12 mai 2044. Il est midi. Le réfectoire est ouvert pour une durée de deux heures. Bon appétit ! »

*Le réfectoire, hein ?* songea Duke.

Cette annonce tombait plutôt bien. Son ventre n'avait pas cessé de grogner depuis son réveil. En plus de combler les trous de son cerveau en gruyère, il allait pouvoir remplir ceux de son estomac. Le réfectoire ferait d'une pierre deux coups. Il y avait toujours du monde dans ce genre d'endroit, et il ne manquerait pas d'y trouver une table où poser son plateau – et ses questions, par la même occasion.

Il suivit le vieux type maigre et sortit du couloir. Il traversa un salon où deux gaillards assis sur un large divan vert jouaient à la console. Derrière, un grand barbu tatoué et une femme forte aux cheveux en bigoudis faisaient une partie de billard. Tous étaient vêtus d'une combinaison blanche. Ils semblaient occupés, riants à gorge déployée, aussi, Duke n'osa pas les interrompre et poursuivit son avancée en empruntant la porte qui lui faisait face. Il mit les pieds dans un autre couloir en T. Un panneau bleu était accroché au mur, au niveau du croisement. *Divertissements* était fléché vers la gauche, *Réfectoire* l'était vers la droite. Sans freiner le pas, le vieil homme à la queue de rat traîna ses pantoufles en direction du déjeuner.

*Bien évidemment, il est sorti de sa chambre pour manger…* pensa Duke. Puis, comme une certitude ancrée dans les tréfonds de sa mémoire : *Les vieux, c'est comme les églises. Ils font toujours sonner leurs cloches aux heures des repas et à celles des messes. C'est ce qu'on appelle le glas de la sénilité.*

Il avança et poussa la porte du réfectoire. Lorsqu'il y entra, il fut accueilli par une bouffée d'air chaud au parfum de frites-saucisse, accompagné d'un brouhaha de collectivité. Il découvrit une grande salle carrelée où des tables et des bancs bleus étaient soigneusement alignés sous des néons blafards. Personne n'y était encore installé, mais une queue d'au moins vingt individus s'étendait le long de l'espace de service. Bien d'autres personnes affluaient par trois doubles portes, et venaient allonger la file sous le regard stupéfait de Duke, qui suivit le mouvement et se mit dans le rang.

*Au moins, je ne risque pas de me sentir seul*, pensa-t-il.

Il hésita à entamer une discussion avec le jeune roux qui se trouvait devant lui dans la file, mais le service semblait plutôt rapide, et il jugea ne pas en avoir le temps. Il parvint vite à côté d'une pile de plateaux en bois. Une affichette était scotchée juste au-dessus, sur le carrelage mural. Il y était écrit :

Une entrée, un plat et un dessert par personne. Si vous prenez plus aujourd'hui, nous vous donnerons moins demain, et après-demain, et après après…

*Après après après après…* poursuivit Duke dans sa tête. *Jusqu'à ce que vous puissiez compter les jours sur vos côtes. Égoïstes que vous êtes.*

« On a compris le message », marmonna-t-il.

Il prit un plateau et, tout comme son voisin de droite, l'agrémenta d'un morceau de pain, de couverts et d'un verre en plastique. Il le glissa sur le rail et fit face à une étendue d'assiettes de hors-d'œuvre échelonnées sur des plaques en verre. Le jeune roux en saisit une garnie d'une tranche grasse de saumon. Duke choisit celle d'à côté, remplie de trois demi-œufs à la mayonnaise.

Il continua son avancée et se retrouva devant une épaisse vitre de guichet de banque dont la seule ouverture était un rectangle de la taille d'un paquet de cookies. En le voyant arriver, l'une des deux cuisinières qui se trouvaient derrière y glissa une assiette semblable à toutes les autres – hot-dog - frites.

« Merci, madame », dit Duke en la saisissant.

La cuisinière lui rendit d'un sourire pincé aussi grisant qu'une averse de janvier.

*Mal-baisée ?* songea Duke. *Ou dents pourries… Deux bonnes raisons de tirer une tronche pareille.*

Il parvint en bout de rail et s'octroya une mousse au chocolat en guise de dessert. Il se retourna et remarqua que des bidons de sauce étaient posés sur une table voisine. Il s'y attarda avec l'idée d'agrémenter son hot-dog d'une ficelle de moutarde. Il s'apprêta à presser le robinet quand le jeune roux l'en dissuada.

« Je te le déconseille, dit-il. Le ketchup, ça passe. La mayonnaise, ça dépend pour qui. Mais la moutarde… » Il grimaça. « T'as déjà croqué dans un *Carolina Reaper* ?

« — Je ne sais pas… avoua Duke. Enfin, je sais ce qu'est un *Carolina Reaper*, mais je ne me souviens pas en avoir déjà mangé. Pourquoi ? Cette moutarde est pimentée ?

— Pas vraiment. Mais si tu comptes t'en servir, alors tu peux être sûr que tu dormiras le cul collé à la cuvette cette nuit.

— À ce point ?

— J'ai osé en prendre, une fois, et ça m'a coûté une combinaison, un caleçon et cinq rouleaux de PQ. Si tu aimes les sensations fortes, tu peux toujours essayer. Après tout, chacun son trip. Moi, finir avec l'arrière en sang, ça ne me botte pas vraiment.

— Non, finalement, je vais m'abstenir, dit Duke en ôtant sa main du bidon comme s'il était devenu bouillant. Ça me donnait pourtant envie. J'adore manger mon hot-dog avec de la moutarde. Enfin, je crois…

— Ouais, on croit tous ici. Mais je peux te dire qu'on se trompe rarement.

— Ah… Je tâcherai de m'en souvenir. Merci, euh… »

Duke dévisagea le rouquin comme s'il cherchait à le définir. Ses cheveux bouclés formaient un nid de cigogne sur son crâne, et ses yeux bleus ressortaient au milieu de son visage constellé de taches brunes. Difficile de coller une étiquette sur un tel profil.

« Adam », prononça ce dernier. Il leva son bras droit et souligna du doigt l'inscription gravée sur son bracelet. « Si ce truc dit vrai, je m'appelle Adam.

— Merci, Adam. »

Le jeune lui adressa un sourire, tourna les talons et se dirigea vers une fontaine à eau surplombée de montagnes de carafes en plastique.

Duke saisit son plateau et avança lentement entre les tables du réfectoire. Il remarqua qu'un groupe de huit individus s'était mis à l'écart dans un coin. Jugeant qu'ils étaient trop nombreux, trop serrés, pour tenter de s'immiscer sans gêner, il préféra les ignorer.

Non loin, se tenait un carré de quatre femmes assez bruyantes. Duke hésita à les rejoindre. L'une d'elles le lorgna d'un mauvais œil et il se ravisa.

*Arriver comme un cheveu sur la soupe*, pensa-t-il. *C'est ça l'expression. Ouais, elles sont en plein potage de ragots. Si je m'invite à leur table, elles vont me dégager à grands coups de cuillère.*

Il changea de direction et remarqua que le vieux pantouflard à la queue de rat mangeait en compagnie de deux costauds au crâne rasé. Il n'avait aucune envie de partager le bon pain avec ces trois-là.

Il s'apprêta à poser son plateau sur une place vide, quand il aperçut une jeune fille pâle, assise toute seule à une grande table. C'était ce qu'il cherchait – de la compagnie, mais pas trop. Juste ce qu'il fallait pour qu'il ait l'occasion de poser des questions, et d'en entendre les réponses. Il s'installa à la table de la jeune fille, pas en face d'elle, mais dans la diagonale – dans l'art de la proximité suffisante.

« Bonjour, dit-il. Ça ne te dérange pas si je me mets ici ? » Il se pencha en avant pour lire l'inscription sur son bracelet. « Jazz ? »

Celle-ci releva la tête et le dévisagea sans rien dire. Ses cheveux, d'un noir profond, pendaient sur ses joues creusées et rendaient son teint blafard. Ses yeux étaient d'un vert intense, cerné par des poches violacées. Au premier coup d'œil, elle avait l'air anémiée, mais surtout, très jeune. *Quinze, ou seize ans*, songea Duke. *Dix-huit, mais pas plus*. Elle ressemblait à une groupie accroc au rock et à la coke – gothique, mais au naturel, et vêtue de blanc. Duke fit signe de s'asseoir à sa table. Elle acquiesça d'un bref hochement de tête et piqua mollement sa fourchette dans son assiette.

Le vieil homme prit place, se frotta les mains, puis entama ses œufs avec appétit.

« Mh, que ch'est bon ! » dit-il, la bouche pleine. Il déglutit. « Ça fait du bien par là où ça passe. Vraiment, je mourrais de faim ! » Il coupa son pain en deux et étala son carré de beurre dessus. « Je n'ai aucune idée de l'endroit où on se trouve. Mais si la cantine est correcte, c'est déjà ça. »

Il adressa un clin d'œil à Jazz. Elle l'ignora.

*Eh ben, je n'ai pas choisi le bon canasson, on dirait…* pensa Duke en soupirant.

Un plateau s'invita devant lui. C'était celui d'Adam. Le rouquin posa une carafe bien remplie sur la table, puis fit une caresse sur l'épaule de Jazz dont le visage s'illumina d'un sourire.

« Ça ne sert à rien de lui parler, elle ne te répondra pas, dit-il en s'asseyant.

— Pourquoi ? Elle est timide ?

— Non…

— Méfiante, alors. » Duke secoua la tête en raclant la mayonnaise dans son assiette. « Elle est jeune, mais je ne suis pas du genre à conduire un van aux vitres fumées ni à me balader avec des bonbons dans les poches… » Il hoqueta en fronçant les sourcils. « D'ailleurs, je n'ai même pas de poches. »

Adam se mit à rire. Duke le trouva aussitôt sympathique pour cela.

« Non, ce n'est pas ça, dit le rouquin. Jazz vit dans un bocal.

— Quoi ?

— Elle est sourde et muette.

— Ah, d'accord ! Tout s'explique ! » Duke se tourna vers Jazz, agita la main pour qu'elle le regarde, puis articula : « Je suis dé-so-lé.

— Ce n'est pas la peine d'insister, indiqua Adam. Elle ne sait pas lire sur les lèvres non plus.

— Ah bon ? Je pensais que les sourds étaient capables de faire ce genre de… de chose.

— Peut-être dehors, mais pas dans la station Remove. Ici, l'écrit est le seul dialogue des sourds.

— *Des* sourds ? Parce qu'il y en a d'autres ?

— Ouais. Quelques pensionnaires sont dans le même cas que Jazz. Tu vois par exemple le type là-bas ? » Adam désigna l'homme à la queue de rat. « Gab, qu'il s'appelle. Lui aussi est sourd-muet.

— Le vieux au nez crochu ? demanda Duke. Maintenant, je comprends mieux pourquoi il m'a regardé comme si j'étais sorti des égouts.

— Oh… » Adam grimaça comme s'il avait un truc coincé entre les dents. « Je dois préciser qu'il est un peu du genre à préférer son linge bien blanc. Tu vois ce que je veux dire ? C'est un abruti de raciste.

— OK… Ça ne m'étonne même pas.

— Nous avons peut-être tous perdu la mémoire, il y a des trucs qui persistent. Va savoir pourquoi…

— Attends… dit Duke. Comment ça : *nous avons tous perdu la mémoire ?* Alors, je ne suis pas le seul ? »

Adam se mordit la lèvre inférieure tout en le dévisageant.

« T'es nouveau, hein ? »

Duke hocha la tête.

« Si par *nouveau*, tu sous-entends que je me suis réveillé au milieu de cet endroit, il y a à peine une heure. Alors, oui : je suis le dernier arrivé. »

Adam beurra son morceau de pain et y étala sa tranche de saumon.

« J'en étais sûr… J'aurais déjà entendu parler de toi si t'étais arrivé hier. Ouais, si c'est ce que tu veux savoir, tous les pensionnaires de la station Remove sont amnésiques.

— Alors, où sommes-nous ? Dans un centre pour défaillants de la mémoire ?

— Peut-être, je n'en sais rien, avoua Adam en haussant les épaules. Nous sommes ici, et il n'y a personne pour nous donner la brochure de l'établissement. Il faut croire que les seuls employés de la station qu'on a le droit de côtoyer se trouvent au service. » Il désigna les cuisinières de la tête. « Mais si tu leur réclames, elles se contenteront de t'adresser un sourire de mauvais clown. Ça veut dire ce que ça veut dire : *t'es gentil, mais prends ton assiette et casse-toi.* »

Duke fronça les sourcils.

« Mais… pourquoi ? Si nous sommes dans un institut spécialisé, quel est l'intérêt de nous le cacher ?

— Si un Alzheimer te posait la même question tous les jours, toi aussi tu finirais par arrêter de lui répondre, non ?

— Vu sous cet angle, c'est certain. Mais… quoi ? » Duke se raidit sur sa chaise. « Tu veux dire que nous sommes tous atteints d'Alzheimer ? » Il manqua de s'étouffer. « Est-ce que je vais oublier cette discussion demain, ou après-demain ?

— Non. Enfin, je ne sais pas. Ça varie d'un cas à l'autre. »

Adam croqua dans sa tartine. Duke le dévisagea avec un air abasourdi.

« Comment ça : *ça varie d'un cas à l'autre.* Qu'est-ce que ça signifie ? » Il serra sa tête entre ses mains. « Je ne comprends rien. Ça fait combien de temps que t'es là ?

— De ch'e que je m'en ch'ouviens, cha fait trois ch'emaines. » Adam déglutit et se rinça la bouche d'une franche gorgée d'eau. « Si tu poses la question à tout le monde ici, la moitié des gens te répondront la même chose. Nous faisons partie *des premiers.* » Il empoigna affectueusement le bras Jazz dont les joues rosirent. « Si je le sais, c'est parce que nous étions tous dans le même état d'égarement à notre arrivée. Personne n'avait de repères. Tu imagines un peu la scène – trente amnésiques qui se rencontrent au milieu d'on ne sait où. *Bonjour, vous savez qui je suis ? Non, et vous, vous savez qui je suis ? Non, et où sommes-nous ? Je ne sais pas, mais qui êtes-vous ? »* Il secoua la tête. « Demande à un sourd-muet de faire la conversation à un aveugle et tu ne seras pas loin d'obtenir le même résultat.

— J'imagine…

— Il y a des nouveaux qui arrivent tous les jours. Parfois par groupe de deux ou trois, parfois moins. Quand ils pointent le bout de leur nez, tout le monde les remarque. Ce qui veut dire que nous ne perdons pas la mémoire quotidiennement. Cependant…

— Cependant ?

— Tu vois le type corpulent là-bas ? Celui qui se gratte les valseuses devant les plateaux ? »

Duke jeta un coup d'œil par-dessus son épaule. Oui, impossible de le rater. Court sur pattes, les joues roses et enflées comme des bulles de chewing-gum, il ressemblait à un gros bébé gavé au saindoux.

« Il s'appelle Max », indiqua Adam. Il considéra son hot-dog entre ses mains, puis en arracha une franche bouchée. Il mâcha et déglutit. « Max est arrivé en même temps que nous, il y a trois semaines. Mais étrangement, il ne s'en souvient plus.

— Alors… Alzheimer ?

— Peut-être. Peut-être pas. Il a pété les plombs il y a une semaine. Un gars surnommé *Pizza* l'a bousculé dans un couloir. Max lui a littéralement explosé le crâne sur la cuvette des toilettes du cinéma. » Adam écarquilla les yeux. « *Littéralement*. Il paraît que sa cervelle était éparpillée sur les murs comme du popcorn rose, que certaines de ses dents étaient incrustées dans la porcelaine, et qu'un type a même retrouvé l'un de ses yeux sur la brosse à chiottes… Une scène plus sanglante qu'un film de Tarantino. »

Duke ne put s'empêcher d'avoir l'image en tête. Son visage marqua le dégoût à la manière d'un type sensible qui découvre un film comme *The Human Centipede*.

« Sympa… lâcha-t-il en réprimant un haut-le-cœur.

— Ouais, comme tu dis. Bref, le corps de *Pizza* a disparu le lendemain, et Max avec. Ce dernier est réapparu il y a quatre jours, mais il a tout oublié – de son arrivée ici, à sa crise d'hystérie. Aujourd'hui, plus personne n'ose l'approcher.

— Sans blague… J'ai la chair de poule rien que de l'imaginer en colère, avoua Duke en se frottant l'avant-bras. Mais si le corps de ce *Pizza* a disparu, c'est que les cuisinières ne sont pas les seules employées de la station, non ? »

Adam agita la frite qu'il tenait en main.

« Oh, mais je n'ai pas dit le contraire. Il y a bien d'autres larbins, mais tu n'auras jamais la chance de les croiser. » Il s'envoya le morceau de patate dans la bouche et le mangea. « Ils viennent pendant le couvre-feu.

— Quoi ? Il y a un couvre-feu ? » Duke secoua la tête. « Décidément, j'ai encore beaucoup de choses à apprendre…

— Que tu crois ! Tu auras vite fait le tour. Quand ça sera le cas, tu passeras tes journées à jouer au billard, à regarder des films au cinéma, à manger, et à bien d'autres choses… » Adam glissa une main sous la table et partagea un regard complice avec Jazz, ce que Duke ne manqua pas de remarquer. « Le couvre-feu est ce qu'on appelle un *sept-sept* – de dix-neuf heures à sept heures du matin. Il permet sans doute aux employés de nettoyer les locaux communs. Il y a une alarme pour signaler aux pensionnaires de se rendre dans leur chambre respective le moment venu. À dix-neuf heures, les portes des quatre secteurs se verrouillent, jusqu'au lendemain.

— Et si je ne suis pas dans mon secteur à ce moment-là ? »

Adam claqua des doigts.

« Tu disparais. Il y en a quelques-uns qui ont essayé. Ils ont attendu dans un salon que sonne dix-neuf heures, ou ils ont flâné en dehors du temps réglementaire… On ne les a jamais revus.

— C'est peut-être ça la solution, non ? suggéra Duke. Si on veut savoir pourquoi on est là, on ferait peut-être mieux de rester après le couvre-feu et aller à la rencontre des employés. » Il se gratta la joue et fit crisser sa barbe. « Qui sait ? Nous nous trouvons peut-être dans un genre d'*escape game*.

— Peut-être. Mais je ne tenterai pas le coup.

— Et pourquoi pas ? »

Adam s'accouda à la table et regarda le vieil homme droit dans les yeux.

« Est-ce que t'accepterais de jouer à la roulette russe pour sortir d'une prison ?

— Ça dépend. Peut-être. Si les gardiens ont la matraque facile, et qu'on me sert du rat à tous les repas, je pourrais. »

Adam soupira et s'étira sur sa chaise comme il l'aurait fait sur un transat au bord d'une piscine.

« Tu vois, c'est bien ça le problème. Ce qui nous manque, ici, c'est surtout la mémoire, le soleil et l'air frais de l'extérieur. À part ça, on s'y sent vraiment bien. En général, les gens sont sympas, la bouffe n'est pas trop mal, il y a de quoi se distraire, et il n'y a personne pour te dire quoi faire. Franchement, je ne prendrai pas le risque d'appuyer sur la gâchette pour en savoir plus.

— Vu comme ça, je suis assez d'accord », concéda Duke. Il fit glisser sa mousse au chocolat contre lui. « T'es jeune, mais t'es pas complètement idiot. Je suis content d'être tombé sur toi. » Il regarda Jazz qui, mise à l'écart par sa surdité, avait déjà fini son repas et attendait les bras croisés devant son plateau. « Le hasard fait parfois bien les choses. »

Adam sembla le prendre pour compliment et sourit. Duke entama son dessert avec appétit.

« Tant que je te tiens, tu as autre chose à m'apprendre ? demanda-t-il.

— Euh… Laisse-moi y réfléchir. Nous avons tous un bracelet au poignet avec un nom gravé dessus.

— Merci, mais ça, je l'avais remarqué, fit Duke. Et le liquide noir qu'il contient, qu'est-ce que c'est ?

— Aucune idée. Ça pourrait tout aussi bien être du cola que du cyanure. Peut-être que c'est ce qui nous fait perdre la mémoire. Mais en ce qui concerne notre amnésie, je pense plutôt que c'est la cicatrice que nous avons derrière la tête qui en est responsable.

— Ah bon ? Une cicatrice ? »

Duke tâta son crâne. Effectivement, il sentait comme un peigne de peau sous ses cheveux crépus.

« Qu'est-ce que c'est ?

— La dernière chose que je pouvais t'apprendre », déclara Adam. Il se servit un verre d'eau et l'avala d'une traite. « Maintenant, t'en sais autant que moi, mon vieux. »

Après le repas, Adam et Jazz firent une visite guidée à Duke. Ce dernier découvrit que l'endroit était équipé d'une piscine, d'un jacuzzi, d'un sauna, d'un cinéma, d'une salle de bowling, de plusieurs salons, mais aussi d'une bibliothèque, d'un gymnase et d'une blanchisserie. Tous pouvaient y accéder en passant par une intersection surnommée *le rond-point*. Il s'agissait d'une pièce ovale à huit portes, qui avait pour unique mobilier un distributeur en métal de sucettes *Boblypop* à la cerise. Ce dernier était fixé en plein centre, sur une peinture qui partait en branches et formait un astérisque similaire à celui du cadre de la chambre. Les sucreries qu'on pouvait en tirer avaient la forme d'un cerveau ensanglanté planté sur un scalpel en plastique blanc – chose que Duke trouva à la fois amusante et franchement sinistre. Le distributeur semblait être là pour rappeler aux captifs la raison de leur présence, pour leur dire *: « Oui, on vous a opéré. Oui, c'est de votre mémoire qu'il est question. Pensez-y le temps d'une friandise, et débrouillez-vous avec ça. »*

Une mauvaise blague. Voilà ce qu'il était.

Les pensionnaires de la station Remove étaient répartis dans quatre secteurs. Chaque secteur était pourvu de sanitaires communs, et il était prohibé de se rendre dans un secteur différent du sien, au risque d'entendre son bracelet émettre un son strident qui ne faisait qu'accroître dans l'interdit.

« Il faut être sourd pour le supporter, mais crois-moi, même si tu l'es, les autres viendraient te briser en deux dans le cas où tu laisserais ce truc siffler, précisa Adam au cours de la visite. Je ne rigole pas. Un jour, un type un peu trop curieux est entré dans un secteur qui n'était pas le sien. Eh bien… Il s'est fait tabasser à mort. »

Adam était assigné au secteur 2, tandis que Jazz faisait partie du secteur 1.

Avec Duke, tous trois passèrent leur après-midi dans le salon dit *vert*, car il s'agissait du plus calme des cinq salons. Ils jouèrent au babyfoot et aux fléchettes en discutant du pourquoi et du comment de tout ça. Les conclusions aboutirent toujours au centre de la cible – à un même et gigantesque point d'interrogation rouge. Ils étaient amnésiques, enfermés dans une sorte d'institut dépourvu de fenêtres, et personne n'était en mesure de leur donner des explications. C'était tout ce qu'il y avait de tangible, le reste n'était que suppositions.

Lorsque Duke émit l'idée saugrenue qu'ils se trouvaient peut-être dans un vaisseau spatial à destination de mars, Adam le prit au sérieux en admettant que rien n'était impossible. Jazz, elle, eut un rire muet devant le dessin que Duke lui fit dans le but de lui exposer sa théorie.

« Qu'est-ce que c'est ? Un gâteau à la cerise qui est tombé sur le dos d'un chien bizarre ? se moqua Adam.

— Il est si mauvais que ça, mon dessin ? demanda Duke en prenant un air affecté. Quand même, ça se voit que c'est un vaisseau spatial. Non ? »

Jazz se plia en deux devant son expression peinée. Duke s'en amusa. Finalement, il l'aimait vraiment bien, cette petite jeune. Si au premier échange, elle lui avait paru aussi sombre et amère que de la réglisse, elle se révélait en fait être douce et surprenante comme un bonbon à la violette. Oui, au fond, Jazz était une belle fleur, et il fallait posséder un papier et un crayon pour la faire éclore.

Duke avait remarqué que ses joues s'empourpraient à la moindre attention, et que son sourire était plus facile au fur et à mesure qu'elle le côtoyait. Il avait constaté qu'elle écrivait également très bien, et que ses yeux pétillaient quand elle parvenait à lire un mot sur ses lèvres. Il l'apprécia très vite, au point de jalouser la proximité qu'Adam entretenait avec elle. Les deux jeunes ne se comportaient pas vraiment en amoureux, mais il y avait une sorte de complicité entre eux, comme un air de : *on a couché ensemble une fois, et c'était bien.*

Duke ne savait pas si c'était la sensation d'être le petit dernier, s'il enviait la jeunesse d'Adam ou son caractère insouciant, mais cet après-midi-là, il aurait aimé être à sa place – bien dans ses chaussures, confiant, avec une jolie demoiselle assise sur ses genoux.

Cette sensation ne fit qu'accroitre lorsque le couvre-feu tomba après le dîner, à dix-neuf heures, et qu'il dût rejoindre sa chambre avec pour compagnie que son ombre. Accablé par la solitude, il se rendit aux sanitaires de son secteur, prit une douche d'une demi-heure, puis se dévisagea longuement dans un miroir. Les mêmes questions revinrent tourmenter son esprit. Quel était cet endroit ? Que faisait-il là ? Pour qui ? Pour quoi ? En se faisant face, il espérait se remémorer sa vie tel le vieillard sénile qui tente de reconstituer son histoire entre deux pages d'un album photo.

« Qui es-tu ? » prononça-t-il en se regardant droit dans les yeux.

Un instant, un bref instant, il sembla entrevoir la réponse dans la noirceur de ses pupilles. Ce ne fut qu'une étincelle, et aucun feu ne vint embraser l'ensemble de sa mémoire, mais étrangement, cet éclair de lucidité l'effraya. Duke ressentit un profond mal-être. Sa gorge se noua comme si son ombre tentait de l'étrangler, ses poils se hérissèrent, une goutte de sueur perla sur son front, et un ignoble frisson sillonna son échine de bas en haut tel le coup de langue d'un monstre.

D'instinct, et afin de se protéger de son propre reflet, Duke détourna la tête.

Ce fut la première et dernière fois qu'il parvint à se regarder en face.

# JOUR 2

## 1

*Trouble, trouble, trouble, trouble,*
*Don't treat me like that.*
*Trouble, trouble, trouble, trouble,*
*It's in my blood, it's in my veins.*
*Even if I run, I can't escape.*
*Trouble, trouble, trouble, trouble,*
*Don't treat me like that.*

Duke ouvrit les yeux. Quelle heure était-il ? Il n'en savait rien. Cependant, il se doutait que cette drôle de musique, qui faisait vibrer la porte de sa chambre, sonnait l'heure du réveil. Ce qui voulait dire qu'il n'était pas loin de sept heures. Duke bâilla toutes dents dehors et s'étira en étoile sous la couette. La nuit avait été bonne. Si la veille, son esprit avait rampé telle une chenille à l'agonie, il se sentait maintenant comme un papillon sorti de son cocon.

Malheureusement, l'illusion de la transformation fut éphémère. Une migraine intense semblable à un coup de masse sur le crâne l'accabla lorsqu'il se leva. Il en perdit l'équilibre et retomba assis sur le lit. Grimaçant, il serra sa tête entre ses mains, espérant que la douleur s'estomperait aussi vite qu'elle était apparue. Ce qu'elle fit, du moins, en partie. De légers tiraillements persistèrent au niveau de ses tempes. Duke avait l'impression que quelque chose comme deux poignées de vers grouillants était en train de lui grignoter le lobe frontal. Il ne se souvenait pas avoir ressenti pareille chose auparavant. Il demeura immobile dans cette position durant cinq bonnes minutes – craignant un deuxième coup de masse similaire au premier. La douleur disparut presque complètement lorsqu'il se remit droit sur ses jambes.

Il en fut soulagé.

*Je me suis sans doute levé trop vite*, pensa-t-il.

Il se rendit aux sanitaires, prit une douche froide pour bien se réveiller, se brossa les dents et peigna ses courts cheveux crépus.

Il avait déjà oublié sa soudaine migraine lorsqu'il revint à sa chambre afin de s'habiller.

Dans le couloir, les haut-parleurs grésillèrent, puis la voix d'un homme se fit entendre :

« Il est 7 h 30. Il vous reste une heure pour prendre un petit-déjeuner avant la fermeture du réfectoire. »

*Un petit-déjeuner…* Duke n'y avait pas songé, mais maintenant qu'on lui en donnait l'opportunité, il ne manquerait pas de la saisir. Il se rendit à la cantine, se servit trois croissants, un bol de chocolat chaud et une barquette de confiture à la fraise. Il chercha Adam et Jazz du regard, mais ne les trouva pas. C'est donc seul, assis au bout d'une table, qu'il entama son repas matinal.

Tout en mâchant, il devinait que cet instant allait devenir routinier. Il ne savait pas combien de jours il allait rester dans cet endroit, mais sans doute suffisamment longtemps pour qu'il finisse par s'ennuyer.

*Qu'est-ce que les vieux font en maison de retraite ?* songea-t-il. *Ils attendent la mort. Et moi, qu'est-ce que j'attends ?*

« Hey ! Le nègre ! »

Duke tourna la tête. Un gaillard à la caboche peu avenante, installé à l'autre extrémité de sa table, le regardait d'un œil austère. Il était assis en compagnie de cinq autres personnes, dont Gab — le vieux à la queue de rat. C'était un homme bien bâti — carré dans sa combinaison comme une plaquette de chocolat dans son emballage. Son front était recouvert d'écorchures et d'ecchymoses, il avait des cheveux argentés coiffés en brosse, et sa mâchoire anguleuse brillait sous les néons du réfectoire tant elle était bien rasée. Il avait tout du vieux colonel aigri qui ordonne à un soldat de faire 300 pompes pour une botte mal lacée. Le genre à lui uriner sur la tête avec le sourire, parce que l'humiliation est la stricte expression de sa supériorité.

« Ouais, c'est à toi que je cause ! insista-t-il. Bouge ton gros cul de charbon d'ici ! Sinon, je m'en vais te servir quelques pains, et ils ne seront pas au chocolat ceux-là.

— Quoi ? fit Duke, pris au dépourvu.

— T'as très bien entendu. T'es peut-être amnésique, mais j'sais que t'es pas sourd. Alors je ne te le répèterai pas une troisième fois : dégage à une autre table ! Te savoir si proche de moi, ça me coupe l'appétit. »

Duke toisa un à un les visages qui étaient en sa compagnie. Il y avait une jeune fille pulpeuse aux cheveux roses ; une seconde, plus âgée, qui était d'une beauté mature ; deux costauds au crâne rasé qui se ressemblaient comme des jumeaux bodybuildés ; et Gab – le vieux Gab avec son visage élimé et sa queue de rat.

Tous lui adressaient le même regard venimeux.

*Je vois – il y a des choses qui ne changent pas...* se dit Duke pour écho des paroles d'Adam. *J'ai bien l'impression que le Ku Klux Klan a formé un nouveau groupe. Tout de blanc vêtu, il ne leur manque plus que le chapeau pointu.*

Il haussa les sourcils.

*Turlututu...*

Il reposa son croissant, saisit son plateau et se leva sans rien dire. À quoi bon, de toute façon ? Discuter avec ce genre de personne, c'était comme tenter de couper un chêne à la petite cuillère. Il n'y avait rien de plus dur que les têtes de gland. Il s'avança entre les deux rangées de bancs en quête d'une autre table, mais lorsqu'il passa derrière Mr colonel, ce dernier se dressa brusquement et fit voler son plateau d'un revers de main.

« Je t'ai dit de pas t'approcher, négro ! » s'écria-t-il d'un ton féroce. Il planta son regard empli de haine dans celui de Duke et poignarda l'air de son index. « J'ai bien envie de te péter les dents, comme ça, tu viendras plus nous emmerder à la cantine ! Ouais, toi, t'as une gueule à sucer des *BoblyPop* pour le restant de tes jours. »

Son assemblée éclata de rire. Le rictus de la fille aux cheveux roses se détachait du peloton. Il était particulièrement désagréable – similaire à une roue de vélo voilée qui grince tous les trois quarts de tour.

Duke baissa les bras et posa les yeux sur son petit-déjeuner éparpillé au sol. Son estomac se mit à rugir. Il avait faim, et par-dessus tout, il tremblait de colère. Il serra les poings, prêt à en décocher un plus vite que son ombre. Il leva la tête, accrocha le regard de Mr colonel et fronça le nez. Son visage se crispa, sa bouche se tordit, il s'apprêta à lui cracher le fond de sa pensée en pleine tronche – un mollard bien jaune et bien gluant. Mais la raison prit le dessus sur la colère, et seul un petit « pardon » s'échappa d'entre ses lèvres.

« Pardon ? hoqueta Mr colonel, l'air surpris comme s'il ne s'attendait pas à cette réponse. Pardon... Ouais, t'as bien raison de me dire pardon, négro. Maintenant, tu ramasses ton plateau et tu fais demi-tour ! »

Duke se retint d'envoyer un parpaing dans sa mâchoire parfaitement lisse. Il acquiesça en silence et s'accroupit afin de rassembler son petit-déjeuner sur son plateau. Il récupéra son bol vide et sa barquette de confiture à moitié explosée. Il s'apprêta à saisir l'une de ses viennoiseries, quand l'autre enfoiré posa sa chaussure dessus.

Duke leva la tête.

« J'aime bien quand tu me regardes de bas, comme ça, s'en amusa Mr colonel. Si j'avais une braguette, je te sortirais de quoi remplacer ton croissant. Mais t'as de la chance, il ne fait pas très chaud, ici. Je ne vais pas me désaper jusqu'aux genoux, j'ai pas trop envie de me geler les couilles. »

Son petit collectif se mit à rire à gorge déployée, sauf Gab qui observait Duke avec un mélange d'animosité et de pitié dans les yeux – un genre de : *« c'est tout ce que tu mérites, mais quand même… »*.

Mr colonel balaya le croissant de l'autre côté de la table d'un coup de pied.

« C'est bon ! Dégage de ma vue ! Je t'en demanderai pas plus. Enfin… pour cette fois. »

Duke se releva avec son plateau, une folle envie de coller son genou entre les valseuses de cet enfoiré de nazi. Mais qu'est-ce qu'il y gagnerait ? Il avait été humilié, et s'il réagissait, Mr colonel enverrait ses petits soldats lui régler son compte. Non, le mal était fait. On ne remontait pas sur le ring juste après avoir été mis KO. Il fallait choisir dès le début de la confrontation – tout donner ou abandonner, au risque d'y laisser et sa fierté, et sa vitalité.

Duke avait déjà perdu la face, alors, à quoi bon prendre le risque d'y perdre la vie ? Après ce qu'il venait de se passer, Mr colonel se sentait au-dessus de lui comme de l'étron qu'il avait fait tomber dans la cuvette. Le mieux était de tirer la chasse et de disparaître de sa vue.

*Ouais, laisse aux abrutis le pouvoir de se torcher le cul,* se dit Duke. *Chier et essuyer, c'est l'histoire de toute leur vie.*

Il se détourna de Mr colonel et s'éloigna.

« Hey, négro ! T'as oublié de lécher ton chocolat ! lui lança celui-ci dans son dos. C'est parce qu'il est marron, c'est ça ? T'es raciste ou quoi ? »

Duke entendit toute sa troupe s'esclaffer derrière lui telle une meute de hyènes. C'en était trop. Il se retourna et posa son plateau sur la table la plus proche. Il serra les dents, planta ses ongles dans les paumes de ses mains. Ses narines gonflèrent. Il s'apprêta à rentrer dans le lard de ce troupeau de porc, quand une main le saisit par l'épaule.

« Hey ! »

Duke tressaillit, fit demi-tour et leva le poing.

« Oh ! Du calme ! Ça va ! C'est moi ! »

C'était Adam. Les yeux écarquillés, les mains en avant, il s'attendait à encaisser le coup. Duke se ressaisit, secoua la tête et baissa la main.

« Dé... désolé.

— Il n'y a pas de mal », dit le rouquin qui parut soulagé. Il soupira et désigna Mr colonel de la tête. « T'occupes pas de lui. Il fait ça à tous les nouveaux un peu trop *foncés* à son goût. Aucune femme ne veut de lui dans son lit, alors il compense sa frustration sexuelle sur ce qu'il peut.

— Je t'ai entendu, poil de carotte ! s'offusqua Mr colonel.

— J'espère bien, abruti ! »

Mr colonel lui lança un regard offusqué et sembla hésiter à avancer.

« Non, mais de quoi tu te mêles, Adam ? Tu te prends pour qui, pour nous interrompre de la sorte ?

— Va chier, Joe ! Ce type est mon ami.

— Ton ami ? Peuh ! Un nègre comme ami ? Plutôt adopter un chien.

— Du moment que ça remue de la queue, toi, t'es content, lui balança Adam.

— Ouais, ouais... fit Joe en agitant la main. On en reparlera plus tard. »

Il détourna la tête et, finalement, se rassit comme si la conversation était close. Adam saisit Duke par l'épaule et l'entraîna vers la sortie.

« Viens ! On va au salon vert. »

## 2

Assise au bar du salon vert, Jazz était en train de dessiner lorsqu'Adam la rejoignit en compagnie de Duke. Ce dernier remarqua que la jeune fille était particulièrement douée en croquis. Elle avait esquissé le cadavre d'une femme à la poitrine décharnée dont les cheveux argentés reflétaient la lumière d'une lune ébauchée. C'était un calque sombre comme une nuit de cimetière. Il pouvait déranger, à la manière de l'évocation de la mort, mais restait une belle œuvre à regarder.

« T'as du talent », attesta Duke avant de se souvenir que Jazz ne pouvait pas l'entendre.

Il tapota sur sa feuille. Elle releva la tête. Il dressa le pouce en l'air et lui fit un clin d'œil. Elle lui répondit d'un sourire éclatant en même temps que ses joues prirent une douce teinte rosée.

Duke sentit son estomac se soulever. Il la trouvait belle comme l'idéale d'un lui plus jeune. Elle semblait fragile, et en même temps, parvenait à le déstabiliser d'un regard. Il y avait quelque chose d'intrigant chez elle, quelque chose comme un cœur fondant au chocolat dans lequel on est impatient de plonger sa cuillère. L'idée d'entreprendre de goûter à ce dessert traversa brièvement l'esprit de Duke. Mais il se l'interdit presque aussitôt. De toute évidence, Jazz avait l'âge d'être sa fille. Jamais elle ne pourrait s'intéresser à un vieil homme de son genre. Et puis, de toute façon, elle avait déjà Adam.

« On se fait une partie ? demanda ce dernier en posant le triangle sur la table de billard.

— Pourquoi pas ? répondit Duke. Je ne me souviens pas y avoir déjà joué, mais on va vite savoir si je suis doué ou pas.

— C'est la même chose que pour tout le reste », assura Adam en plaçant les boules. Il tapota sa tempe droite du bout de l'index. « Notre cerveau peut oublier, mais pas notre corps.

— C'est comme le vélo.

— Ou le sexe.

— Ça, je ne peux pas encore en juger », avoua Duke.

Adam retira le triangle, puis tendit une queue ainsi que la boule blanche au vieil homme.

« La première que tu mets dans le trou définit si t'as les pleines ou les cerclées. Après, t'as plus qu'à dégager toutes celles qui sont similaires.

— Et la noire en dernier, dit Duke en hochant la tête. Je suis peut-être amnésique, mais je me souviens des règles. »

Il se pencha sur la table et fit éclater le jeu. Trois boules pleines tombèrent dans les trous.

Adam haussa les sourcils.

« Eh ben… fit-il.

— Attendons de voir le deuxième coup pour en être sûr. »

Duke enchaîna et propulsa deux boules supplémentaires en dehors du tapis avant d'en placer une troisième.

« Bon, il faut croire que je suis un as du billard, déclara-t-il en feignant une certaine suffisance.

— Oui, il faut croire… » concéda Adam avant de jouer. Le bout de sa queue ripa sur la bille blanche qui vrilla avant de plonger dans un trou. Il leva les mains en l'air. « Pour ma défense, je suis meilleur au babyfoot.

— Haha ! On ne peut pas être bon partout ! » Duke prit le bleu qui trainait sur le bord du billard et le tendit à Adam. « Mais, dis-moi. Avant qu'on continue la partie, je voulais te demander : tu connais bien, ce *Joe* ?

— On peut dire ça. Il est de ceux qui sont arrivés en premier. Pourquoi cette question ?

— Je ne sais pas. Il m'a traité comme le pire des cabots, mais toi, il a l'air de te respecter.

— Ah, oui… Joe est raciste.

— J'avais remarqué, merci. Ça n'empêche que la moitié d'un abruti, ça n'existe pas. Un abruti reste un abruti. Il aurait pu te rentrer dedans quand tu as pris ma défense. J'ai d'ailleurs cru que c'était ce qu'il allait faire. Mais à ma grande surprise, il s'est replié sur lui-même. »

Adam prit un air embêté. Il balaya l'endroit du regard comme pour s'assurer que personne d'autre ne pouvait les entendre. Seule Jazz était là. Il relâcha ses épaules, soupira et se rapprocha davantage de Duke.

« Joe fait partie de mon secteur, murmura-t-il. Sa chambre est juste à côté de la mienne. La nuit, il lui arrive de faire des crises de somnambulisme où il se déshabille, s'enfonce un truc dans le… » Il se racla la gorge. « Il se frappe la tête contre les murs, aussi. La première fois qu'il a fait ça, il s'est réveillé le matin avec le crâne en sang. Depuis, il laisse sa porte entrouverte, et quand j'entends du bruit en pleine nuit, je le stoppe dans sa frénésie et je le réveille. C'est déjà arrivé cinq fois…

— Ah ouais… Je me doutais bien que ce type était frappé, lâcha Duke avec un grand sourire comblé. La prochaine fois, je ne manquerai pas de…

— Garde toute cette histoire pour toi, d'accord ? le coupa Adam, le visage fermé et les yeux profonds comme deux canons prêts à tirer. Joe ne veut pas que ça s'ébruite. Il craint qu'on le prenne pour un fou. Je suis le seul à être dans la confidence, et ça doit rester comme ça.

— Et pourquoi ? De toute évidence, ce type est cinglé. S'il est dangereux, il vaut mieux que les gens le sachent, non ?

— Tu te trompes. Tout le… » Adam s'aperçut qu'il avait haussé le ton. Il s'interrompit, jeta un coup d'œil dans la pièce, puis reprit à voix basse : « Tout le monde sait qu'il est barge, mais pas à ce point. Le problème, tu vois, c'est que nous sommes tous enfermés avec lui, et que s'il apprend que j'ai ébruité ses *petites activités nocturnes*, il me fera la peau. Et je pense qu'il te la fera aussi, ainsi qu'à d'autres *gens de ton genre*. Je n'ai pas envie de me retrouver avec la tête éclatée contre la cuvette des toilettes. » Il serra les dents. « Vraiment pas.

— Je comprends, concéda Duke avec regret. Il vaut mieux l'avoir avec soi que contre soi. »

Adam s'écarta et lui tapota l'épaule.

« Voilà ! T'as tout bon ! Oublie Joe ! Maintenant qu'il sait que tu es mon ami, il ne viendra plus te chercher des noises. »

Duke acquiesça de la tête, tout en se disant que, finalement, ils étaient peut-être dans un institut spécialisé. *Troubles du sommeil, de la mémoire et du comportement… Ça expliquerait pas mal de choses.*

Il frappa la boule blanche qui ricocha avant de heurter la noire. Cette dernière tourbillonna et s'échoua dans un trou.

« Perdu ! » s'exclama Adam toutes dents dehors.

Duke fit la grimace.

« Finalement, je ne suis pas aussi bon que je le croyais. »

Il était loin de se tromper.

## 3

Duke dépassa la table de Mr colonel à l'heure du déjeuner. Ce dernier l'ignora. Adam avait raison, maintenant qu'il savait que *le nègre* était son ami, il ne lui chercherait plus des noises. Le reste de la troupe, en revanche, ne manqua pas de le fusiller du regard.

Sur l'échelle de la négrophobie, Duke plaçait Joe bien au-dessus des autres, mais il devinait que les seconds couteaux pouvaient se montrer dangereux, à leur manière. La jeune fille aux cheveux roses était, sans conteste, en deuxième position. Duke avait remarqué à quel point son sourire avait été radieux lorsqu'il s'était fait humilier. Et puis, son visage se crispait comme si elle mordait dans un citron à chaque fois qu'il s'approchait d'elle. Sa répulsion coulait dans ses veines comme du venin, et on aurait dit que l'image d'un noir au milieu de tout ce blanc lui faisait mal aux yeux. La femme mature à la posture droite et au chignon serré était en troisième – vraiment, la gente féminine avait cette faculté de vous faire ressentir à quel point elle ne vous aimait pas. Gab était à la quatrième place. Tandis que Tic et Tac, les presque jumeaux stéroïdés au crâne rasé, se trouvaient sur les deux derniers échelons – ceux-ci ressemblant plus à des attardés mous comme des pantoufles qu'à des skinned avec l'écume aux lèvres.

Duke se dit que c'était ensemble que les six étaient dangereux. Sa première rencontre avec Gab en avait été un exemple, il fallait au moins deux racistes pour faire une paire de couilles. Si on les prenait séparément, ils vous fuyaient avec la queue entre les jambes.

« Bah alors ? T'en as mis du temps ! T'étais parti où ? demanda Adam en regardant Duke s'installer à côté de Jazz.

— Aux toilettes, répondit celui-ci en posant la main sur son ventre. Je crois que le peu que j'ai mangé ce matin n'est pas très bien passé. » Il grimaça en lorgnant son assiette de cassoulet. « Et ça, ça ne risque pas d'arranger les choses.

— Oh, ça va aller. On était tous un peu barbouillés, au début », témoigna Adam.

Jazz sembla l'avoir compris et hocha la tête. Duke zieuta autour d'eux.

« Je voulais te demander. Est-ce que je suis le seul noir, ici ? Parce qu'à part dans un miroir, je n'en ai pas croisé d'autres depuis mon arrivée.

— Hum… Oui, tu es le seul. Enfin, maintenant.

— Comment ça : *maintenant* ? »

Adam sembla mal à l'aise et s'agita sur son siège.

« Il y en avait un autre, avant. James qu'il s'appelait. C'était un gars vraiment sympa. Un peu timide, mais il avait le sourire facile. Malheureusement, il n'est plus là.

— Pourquoi ? Qu'est-ce qu'il s'est passé ?

— Je ne sais pas vraiment. À ce qu'il paraît, Joe et sa compagnie lui ont fait sa fête dans le salon rouge. Ils l'ont humilié, lui ont arraché des ongles, des dents – ce genre de truc bien *déglingos*. Ils l'ont laissé pour mort à l'heure du couvre-feu. Depuis, plus personne ne l'a revu. »

Un frisson parcourut la nuque de Duke. Il comprit pourquoi Adam avait sympathisé avec lui dès le premier jour – pas parce qu'il était le petit nouveau, mais dans l'intention de le protéger. Et vu la confidence qu'il tenait avec Joe, il en avait les moyens. Duke haussa les sourcils, jeta un œil par-dessus son épaule, puis se pencha sur la table.

« Alors, si ces types sont vraiment cinglés, pourquoi est-ce qu'ils sont encore ici ? murmura-t-il.

— Tu n'as qu'à demander aux cuisinières, elles te répondront sûrement, dit Adam. Je n'en sais rien, peut-être qu'on a tous la carafe à l'envers.

— Tu veux dire que nous serions dans… un asile ?

— T'as vu ma tête de demeuré ? Et je ne parle même pas de la tienne. Pour sûr, on est au pays des dingos.

— Je suis sérieux.

— Moi aussi ! Tu m'en poses des questions… Je n'en sais pas plus que toi. Tout ce dont je suis certain, c'est qu'il ne faut surtout pas que tu te retrouves seul avec ces six-là. » Adam croisa ses bras sur sa poitrine. « T'as de la chance, il n'y a que Gab qui loge dans ton secteur. C'est sans doute le moins dangereux du groupe. »

Duke empoigna sa fourchette et piqua dans son assiette.

« Ouais, si on peut appeler ça de la chance… »

L'après-midi fut beaucoup plus long que Duke l'avait imaginé. Il pensait que l'ennui tarderait à arriver, car sa curiosité était à peine entamée. Mais il n'y avait pas grand-chose à découvrir dans ce complexe aménagé. De surcroît, tout le monde étant amnésique, personne n'avait d'anecdotes à raconter. Toutes les discussions tournaient autour des repas, des parties de billard, des tournois de bowling, des films qui passaient au cinéma… Si on pouvait appeler ça *des films*, d'ailleurs – ils étaient tous dépourvus d'action et faisaient languir la rose. C'étaient de *gentils nanars*, comme disait Adam. « *On les regarde parce qu'on n'a que ça à regarder.* »

Languissant dans le salon vert, Duke rencontra un dénommé Fridge qui l'invita à jouer aux fléchettes. Ils taillèrent la bavette durant un moment.

« Adam, c'est le petit gars sympa du coin, déclara le grand barbu. Si t'as perdu ta chambre, si une boule de bowling te tombe sur le pied, ou si t'as avalé de travers, c'est vers lui qu'il faut se tourner. Il n'a pas la main grasse. Non, c'est le plus sincère d'entre nous. »

C'était vrai. Duke n'en doutait pas. Aussi, au fur et à mesure que la journée avança, il se rendit compte que le rouquin s'entendait avec tout le monde dans la station, et que tout le monde aimait le rouquin. Lui-même l'appréciait déjà beaucoup. Cependant, il l'enviait lorsque Jazz l'enlaçait, il le jalousait lorsqu'elle plongeait ses mains dans ses cheveux bouclés, il le haïssait lorsqu'elle le regardait comme s'il était l'œuvre dans l'art.

Les deux jeunes ne s'embrassaient jamais, du moins, pas devant Duke. Mais ils s'aimaient, d'une certaine manière. Duke voyait bien qu'ils étaient faits l'un pour l'autre. Ils étaient comme deux briques de lego – différentes, ordinaires, en partie creuses, mais destinées à se compléter. Duke les imaginait s'emboîter, et ça, ça lui donnait mal au cœur. D'ailleurs, il ne se sentait pas vraiment à l'aise avec eux. Il comprit pourquoi il était la troisième roue du carrosse, et pas la quatrième ou la cinquième. La plus mauvaise place que l'on pouvait avoir dans un trio, c'était celle du chandelier. Tenir la bougie entre deux tourtereaux, ça brûlait les doigts, et c'était plus frustrant que de manger une salade tout en bavant devant un double burger.

Cependant, il ne se voyait pas abandonner Adam et Jazz. Il les aimait bien. Lui, pour sa bienveillance, et elle, pour son innocence.

# JOUR 3

À la suite de son troisième réveil, Duke fut accablé par une nouvelle migraine semblable à celle de la veille. Au petit-déjeuner, il en parla à Adam qui lui apprit qu'ils étaient nombreux dans le même cas, et qu'il finirait par s'y habituer. Tous deux se rejoignirent sur la conclusion que *professeur maboule* avait trituré leur cerveau avec ses gros doigts sales.

« Peut-être qu'on a une puce ou un autre truc du genre scotché là-haut, émit Duke en levant l'index. Un dispositif qui envoie des impulsions *électromachin-truc*. Ça pourrait expliquer les migraines. »

Adam se mit à rire.

« Ouais, quand tu clignes des yeux, ça fait des flashs, Ironman.

— Je ne plaisante pas.

— Je sais, fit Adam. Mais je suis désolé de t'apprendre que t'as pas la moindre puce dans le cerveau.

— Ah bon ? Comment tu peux le savoir ?

— Bah, quand je t'écoute, j'ai plutôt l'impression qu'ils t'en ont plus retiré qu'ajouté là-dedans », lâcha le jeune en se tapotant le crâne.

Duke lui balança un morceau de croissant à la tête. Tous deux s'en amusèrent.

Le petit-déjeuner terminé, ils se rendirent dans le complexe aquatique de la station. Ils passèrent la matinée dans le Jacuzzi numéro 3, où ils tentèrent de noyer une bonne partie de leurs tourments.

Jazz les rejoignit au réfectoire à l'heure du déjeuner. Elle était en compagnie d'une belle femme blonde qui répondait au doux nom de Louise. Cette dernière avait le grain de peau d'une quarantenaire, était également sourde et muette, et vous dévisageait avec des yeux bleus d'une profondeur saisissante. De premières impressions, Duke la trouva charmante, mais sans plus. Elle avait une forte poitrine dont il lui fut impossible de ne pas plonger du regard dans l'échancrure de sa combinaison, mais il ne la désira pas pour autant.

Louise se montra être une femme douce et empressée – presque trop empressée. Elle colla Duke avec insistance durant tout l'après-midi, jusqu'à finir par s'asseoir sur ses genoux avant l'heure du dîner. Il l'aimait bien, et un début d'érection pointa même dans son caleçon lorsqu'il sentit son fessier remuer contre lui, mais il n'avait pas envie d'aller plus loin avec elle. Non, Duke se rendit compte que ce n'était pas une simple compagnie qu'il désirait, mais bel et bien celle de la jeune Jazz. Après l'arrivée de Louise, il ne se considéra plus comme la troisième roue du carrosse, mais comme la roue de secours – celle qui pourrait peut-être remplacer Adam en cas d'accident.

# JOUR 4

## 1

Au quatrième jour, Louise se fit plus insistante avec Duke, jusqu'à lui caresser l'entre-jambes sous la table du réfectoire – ce qui le surprit au point qu'il avala de travers et manqua de s'étouffer.

*Ce n'est pas possible… Elle a eu un coup de foudre, ou quoi ?* pensa-t-il. *Non, c'est plutôt sa culotte qui lui démange.*

Il devinait que de nombreux pensionnaires fantasmaient sur la plastique de Louise, mais ce n'était pas son cas – il ne parvenait pas à s'imaginer lui faire l'amour. Bien sûr, il se sentait flatté d'être l'objet de ses désirs, cependant, il la mettait au même niveau que sa main gauche sur le plan sexuel. Tous deux pouvaient faire fonctionner la mécanique, tous deux pouvaient lui procurer du plaisir, tous deux pouvaient lui offrir l'orgasme. Mais si c'était juste histoire de *cracher la sauce,* alors il préférait s'en occuper tout seul. Duke ne pouvait pas combler Louise. Il ne lui vouait aucune attirance, ni de cœur ni de corps. Il n'avait aucune envie de lui donner l'impression d'être la pire des prostitués. Non, car en dépit du fait qu'elle ne dégageait rien de charnel à ses yeux, il l'appréciait – elle était une bonne personne.

Louise ne parlait pas, mais savait beaucoup mieux lire sur les lèvres que Jazz. Aussi, elle partageait une certaine proximité avec la jeune fille – sans doute que leur handicap commun les rapprochait. La veille, Duke s'était dit que Jazz lui avait présenté Louise dans l'unique but de lui faire de la compagnie – pour l'éloigner un peu d'elle et d'Adam. Mais il finit par comprendre qu'il n'y avait eu aucune arrière-pensée de ce genre. Jazz avait tissé une sorte de lien avec Louise, et elles étaient très vite devenues de bonnes amies, tout simplement.

« J'ai l'impression que Louise aimerait bien croquer dans un gros morceau de chocolat, plaisanta Adam dans un couloir, alors que tous les quatre se rendaient au cinéma.

— Ouais, j'ai la même impression, dit Duke en tiquant du coin de la bouche.

— Qu'est-ce qu'il y a ? Elle ne te plaît pas ?

— Je ne sais pas. Je croyais que j'avais envie de ça – de partager cette drôle d'aventure avec quelqu'un. Mais je me rends compte que non. »

Il lança un coup d'œil derrière lui. Les filles se tenaient bras dessus, bras dessous. La combinaison de Jazz était échancrée à la manière de celle de Louise. Seulement, l'effet n'était pas le même. Sa poitrine d'adolescente peinait à s'imposer sous le tissu. Duke appréciait davantage ses petits seins. Ils demeuraient cachés comme quelque chose de difficile à deviner. La présence charnelle de Jazz était semblable à une surprise bien emballée. Alors que celle de Louise ressemblait plutôt à deux ballons de foot recouverts d'une fine couche de papier – pas besoin de déchirer l'emballage pour deviner ce qu'il cache.

Duke manqua de peu de heurter le distributeur de sucettes *BoblyPop* et le contourna.

« En fait, je veux juste connaître la raison de notre présence ici, dit-il.

— Je comprends. Mais tu ne peux pas le savoir. Donc tout ce qu'il te reste à faire, c'est d'en profiter un maximum. » Adam poussa la double porte du cinéma. « Laisse-toi aller, mon vieux. Je suis sûr que ça te fera du bien.

— T'as peut-être raison.

— Bien sûr que j'ai raison ! Si on est condamné à l'amnésie, ou à la mort, alors autant se faire plaisir comme on peut. »

Tous les quatre prirent des popcorns à l'entrée de la salle numéro 2, puis s'installèrent au plus haut, sur des sièges recouverts de velours rouge. Ils étaient les seuls. Le long-métrage qu'ils avaient choisi s'intitulait *Caramel tendre* et était sous-titré en anglais. L'affiche montrait un étalon torse nu enlaçant une jeune femme vêtue de lingerie fine. Tous auraient préféré regarder autre chose, mais c'était le seul film qui n'avait pas encore commencé, et de toute façon, les autres titres à l'affiche ne semblaient pas mieux – *Rock'n flowers, L'homme qui se promenait, Le ruban du Midwest*…

Jazz et Adam devinrent beaucoup plus proche au fil du film. Ils s'enlacèrent et, pour la première fois, Duke les vit s'embrasser. Il remarqua aussi que la main droite d'Adam avait disparu dans l'échancrure de la combinaison de Jazz, et que le teint de la jeune fille avait rosi. Il en fut contrarié et sentit son caleçon gonfler sous son paquet de popcorns. Il détourna la tête, essayant d'ignorer l'occupation des deux jeunes.

Soudain, Adam lui tapota l'épaule.

« On n'en a pas pour longtemps, on revient », murmura-t-il en lui adressant un clin d'œil.

Il prit Jazz par la main et tous deux sortirent de la salle en courant. L'image de leurs corps se trémoussant l'un contre l'autre rendit Duke maussade. Il tenta de la chasser de son esprit et se concentra sur l'écran géant. Comme un mauvais coup du sort, le film se mit à nu au même moment et troqua le romantisme contre l'érotisme – ce qui ne fit que prolonger l'érection et la frustration de Duke. À cet instant, il éprouva une folle envie de se masturber.

Il n'en fit rien.

*Je ne suis pas un adolescent. Je peux me contrôler, quand même…* se dit-il. *C'est juste du porno, t'en as vu d'autres.*

Oui, il le savait. Cependant, il ne s'en souvenait pas. Il tenta de faire abstraction de son excitation, la jugeant beaucoup trop immature. Tout à coup, il sentit une main glisser sur sa combinaison telle un serpent. Ce n'était pas la sienne, mais celle de Louise. Elle coula le long de sa fermeture, se faufila sous son paquet de popcorn, et s'attarda au niveau de son érection. Duke tourna la tête vers Louise. Ses yeux scintillaient. Ses joues étaient rouges. Elle se mordillait la lèvre inférieure tout en se tortillant sur son siège. À cet instant, Duke avait envie d'elle.

Non, il avait besoin d'elle.

Elle l'embrassa. Duke posa ses popcorns sur le siège voisin. Louise s'engagea doucement sur lui. Il la précipita. Elle se mit à califourchon sur son entre-jambes et se déhancha, frottant sa combinaison contre la sienne. Il tira sur sa fermeture, la dénudant jusqu'au bassin. Elle soupira de plaisir. Il l'accompagna.

Pas besoin de se masturber, Louise était là. Pas la peine de culpabiliser, elle le désirait.

Très vite, elle se leva et fit tomber son vêtement à ses chevilles. Elle avait un corps marqué par les années – des hanches rondes, quelques vergetures sur le ventre, une poitrine tombante, de la peau d'orange sur les cuisses… Mais elle restait sublime – belle comme la femme qui a vécu, et qui vivra d'autant plus. Elle se mit à genoux, tira sur la fermeture de la combinaison de Duke et prit son érection en main. Elle posa ses lèvres dessus et s'y attarda. Duke ferma les yeux et s'y abandonna.

*« Autant se faire plaisir comme on peut »*, avait dit Adam.

*Ouais, il a sacrément raison, ce gamin* pensa Duke.

Louise s'allongea sur la moquette, cuisses ouvertes – comme pour attendre son rendu. Duke se laissa tomber sur elle et, pris par l'excitation, l'enfourcha d'un coup sec. Il attrapa ses seins – beaucoup trop volumineux pour ses doigts –, les lâcha, puis agrippa ses fesses – bien trop rebondies pour les serrer. Il souleva ses jambes, mais, les jugeant trop lourdes, les reposa. Ne sachant pas quelle partie de son corps saisir, il finit par plaquer ses mains de chaque côté d'elle, au sol.

C'était étrange. C'était comme si ce corps, bien que parfait dans sa silhouette, était trop en chair pour lui. Comme s'il n'était pas à sa taille. Comme s'il s'agissait d'un costume trop large. Aussi, son pénis semblait flotter dans un bocal comme le dernier des cornichons. Duke était loin de ressentir le plaisir intense qu'il avait imaginé. Accablé d'une soudaine impuissance, il mollit en Louise. Cette dernière remarqua qu'il perdait de son ardeur et se déhancha contre son aine afin de le stimuler. Mais c'était inutile. Duke ne la désirait pas. Elle n'était pas faite pour lui.

Il se retira et lut sur le visage de la belle blonde un mélange de frustration et d'incompréhension. Sa fierté en prit un coup. Il se fit violence pour ne pas perdre la face. L'égo principal de l'homme s'appelait pénis. Devant l'adversité, Duke pouvait toujours baisser les yeux, mais il s'interdisait de faiblir dans l'expression physique de sa virilité.

C'est pourquoi il attrapa Louise par les hanches, la ramena contre lui et la retourna sur le ventre. Il pensa à Jazz et ses joues roses. À Jazz et son corps frêle. À Jazz et sa poitrine peinant à pointer sous sa combinaison… Son érection revint au galop. Il enfonça les doigts de sa main gauche dans les fesses de Louise comme s'il pétrissait une boule de pâte à pizza, lui tira les cheveux de sa main droite et, sans prévenir, la sodomisa d'un coup vif.

Là, il ressentit du plaisir.

La bave aux lèvres, il chevaucha Louise brutalement – aussi brutalement qu'il avait été contrarié par son impuissance. Il fallait que Louise se mette à crier. Qu'elle comprenne à quel point il était viril. Qu'elle se rende compte qu'il était un homme, un vrai. Il en oublia qu'elle était muette. Non, Louise ne cria pas, mais son visage hurlait de douleur. Des larmes coulaient sur ses joues, tandis qu'elle essayait vainement d'échapper à son bourreau.

Duke la serrait contre lui comme le lion qui venait d'attraper sa proie. Il plantait ses griffes dans son corps, la mordait jusqu'au sang, et par-dessus tout, la meurtrissait de l'intérieur. C'est de cette manière qu'il parvint à jouir – en frappant du sexe dans un sac de chair, en ne pensant qu'à lui tel l'adolescent usant furieusement de sa main devant un porno.

## 2

Le film était presque terminé quand Jazz et Adam revinrent dans la salle. Les deux jeunes étaient plus complices que jamais et se partageaient des baisers sans plus aucune retenue. À l'inverse, Louise et Duke étaient distants – si distants que Adam le remarqua.

« Bah alors ? T'as voulu lui faire un petit câlin et elle t'a mis une gifle ? demanda-t-il à Duke à la sortie du cinéma.

— On peut dire ça comme ça. Je n'ai pas trop envie d'en parler. »

Duke savait parfaitement ce qu'il avait fait. Il l'avait réalisé lorsqu'il avait vu les marques et le sang sur le fessier de Louise – au moment où des poignées de cheveux blonds lui étaient tombées des mains. Mais surtout, il s'était rendu compte à quel point il l'avait blessée quand il avait croisé son regard – celui d'une femme violée, meurtrie, anéantie. D'un battement de cil, elle lui avait exprimé sa douleur, lui avait voué une haine instantanée et sans concessions. Il avait tenté de s'excuser, mais elle s'était détournée de lui, et l'avait ignoré depuis. Duke avait d'abord été trop mou, puis trop dur, beaucoup trop dur. Dans l'excitation, il avait franchi les limites avec Louise, et maintenant, il commençait à avoir peur – peur de ce qu'il était au fond.

Et s'il se trouvait dans un asile, finalement ? Et si perdre la mémoire était la meilleure chose qui lui était arrivée ? Dans sa tête, cette idée s'alluma comme une grosse ampoule rouge. Duke appuya sur l'interrupteur et l'éteignit presque aussitôt.

*Non, je ne suis pas fou. Je me suis juste égaré*, pensa-t-il. *Quoi de plus normal que de perdre pied pour quelqu'un qui est devenu amnésique ?*

Il croisa le regard d'Adam et lui adressa un sourire.

*Oui, il faut que j'arrête de culpabiliser. Je me suis juste fait plaisir.*

# JOUR 5

Au Cinquième jour, un jeune homme noir répondant au nom de Stan rejoignit le groupe. Adam le prit sous son aile dès son arrivée et sympathisa très vite avec lui – au détriment de Duke qui se sentit un peu délaissé.

Stan arborait une coupe afro volumineuse, et un sourire éclatant qui tranchait franchement avec son teint. Il avait une *belle gueule*, celle de ceux qui étaient naturellement entourés de jolies demoiselles, celle de ceux qui finissaient toujours en charmante compagnie.

« Ce sourire… Je suis sûr qu'on te remarque dans la nuit quand tu rigoles, lui lança Adam au moment du déjeuner. Comment est-ce possible d'avoir des dents aussi blanches ? Franchement, je suis jaloux. »

Stan haussa les épaules.

« L'hygiène, mon ami. L'hygiène… »

Duke prit sa cuillère à l'horizontale.

« Tu vois, c'est un bâton avec plein de petits poils au bout. On y pose un genre de patte à la fraise, ou à la menthe. » Il renversa un peu de crème anglaise dans sa cuillère. « Den-ti-frice, que ça s'appelle ! Et après, on frotte ses dents avec. »

Il joignit le geste à la parole et étala le tout sur sa bouche. Tous rirent aux éclats devant sa démonstration.

« Je sais que t'es amnésique, concéda Duke. Mais quand même, c'est comme *certaines choses*, ça ne s'oublie pas. »

Il s'en amusa, puis croisa le regard de Louise et en perdit aussitôt son sourire. Non pas que ses yeux étaient emplis de reproches, mais que justement, ils évoquaient *certaines choses*.

« En tout cas… Je n'ai aucune idée de qui je suis, ni quel est cet endroit, mais je peux vous dire que je suis sincèrement heureux d'être tombé sur vous », déclara Stan.

Adam hocha la tête et lui adressa un clin d'œil.

« T'aurais pas pu trouver mieux. »

Tous deux se rapprochèrent davantage au cours de la journée. Ils devinrent très vite complices. Ils étaient jeunes et ils se ressemblaient sur beaucoup de points. Duke ne jalousa pas pour autant leur relation, car il aimait beaucoup Stan, lui aussi. Une sorte de lien s'était tissé entre eux, comme quelque chose de paternel. Stan le tenait au respect, et Duke lui rendait avec sagesse. Ils se lançaient parfois quelques moqueries gentilles entre deux manches de billard – des moqueries qu'eux seuls pouvaient s'autoriser sans s'offenser, du genre : « *Alors, petit nègre, on ne sait pas manier une si grande queue ?* » « *Non, mais ce n'est pas toi qui vas m'apprendre, vu le peu que t'as dans le pantalon !* »

En fin d'après-midi, Jazz, Adam et Stan décidèrent de faire une partie de jeux vidéo. Duke refusa leur invitation sous prétexte que ça ne l'intéressait pas, tout comme Louise. Tous deux se retrouvèrent accoudés au bar du salon vert, à regarder les jeunes s'amuser tels des vieux placés en bout de table. Un sentiment de malaise persistait entre eux comme une épaisse vitre de glace. Ils n'osaient pas plus se croiser du regard que s'effleurer du petit doigt. Duke profita de ce moment de proximité pour lui glisser un morceau de papier. Il y avait écrit :

*Je suis désolé.*
*Je ne voulais pas te faire de mal.*
*Je ne sais pas ce qu'il m'a pris.*

Louise le lut, et un court instant, Duke crut voir un léger sourire poindre aux coins de ses lèvres. Elle prit un crayon sur le bar, griffonna de l'autre côté du papier, puis lui rendit.

*C'est ma faute.*

Duke hocha doucement la tête. Oui, c'était elle qui avait glissé sa main sur son entre-jambes. C'était elle qui lui était montée dessus. Et encore une fois, c'était elle qui s'était offerte à lui. Il n'avait fait que prendre ce qu'elle lui avait donné. D'une certaine manière, tout était sa faute. Du moins, c'était plus facile pour Duke de le penser. Aussi, il considérait que le mot viol était inapproprié, et que la chose devait plutôt être qualifiée de *sexe brutal.* Qu'y avait-il de mal à céder à ses pulsions les plus primaires pendant l'acte consentant ?

*Aucun mal. Elle aurait dû se douter que ça se finirait comme ça*, se dit Duke. *Quand une femme veut baiser, elle prend le risque d'être baisée, de manière douce, comme de manière forte.*

*C'est ma faute.* La réponse de Louise s'ancra dans la tête de Duke comme la permission de déculpabiliser de bout en bout.

Elle était le mot d'excuse qui pardonnait tout. Pas une seule fois, Duke se dit qu'il avait détruit Louise. Pas une seule fois, il ne songea à la douleur qu'il avait pu lui causer, physiquement, mais surtout, psychologiquement. Plus jamais Louise ne ferait confiance à un homme, plus jamais elle ne s'offrirait par désir, plus jamais elle ne prendrait de plaisir. Mais tout ça, ça n'existait pas. Car pour Duke, il n'y avait eu aucun mal – juste un quiproquo sexuel. Pour lui, le viol commençait par un non. On pouvait faire ce qu'on voulait avec un oui. On pouvait briser toute une vie sans regret avec un oui. On pouvait assumer d'être le pire des monstres avec un oui.

Duke prit le crayon et s'apprêta à répondre à Louise, quand la fille aux cheveux roses fit irruption dans le salon. Elle était en compagnie de Tic et Tac, les presque jumeaux.

« Urgh ! fit-elle en se bouchant le nez. Ça empeste par ici. Est-ce que quelqu'un a déféqué ? »

Elle posa son regard sur Stan, puis sur Duke.

« Ah oui, effectivement, constata-t-elle. Deux belles merdes. Décidément, cet endroit est de plus en plus sale ! »

Duke se leva de son tabouret.

« Bizarre, moi je ne sentais rien avant que t'arrives, lâcha-t-il. Mais ça ne m'étonne pas, les arriérés mentaux se font toujours dessus en général. Et là, trois d'un coup, ça fait beaucoup de couches à changer. »

La fille aux cheveux roses le considéra avec un profond mépris.

« À qui est-ce que tu parles, sale nègre ?

— Qu'est-ce que tu viens faire ici, face de chewing-gum ? lui rétorqua Duke.

— Il paraît qu'il y a un nouveau de ton espèce, je voulais juste voir à quoi il ressemblait. » Elle posa son regard sur Stan. « Et je ne suis pas déçue. Il est aussi moche que toi.

— Ça me va, fit Stan d'un roulement d'épaules. De toute façon, je ne suis pas du genre à me taper les restes de la cantine. »

Le visage de la fille aux cheveux roses s'empourpra.

« Quoi ? Je crois que j'ai mal entendu. Essaye un peu de répéter ce que tu…

— J'aime ce qui est bio, et quand je regarde ta tignasse, je me dis que t'es loin d'être naturelle, renchérit Stan. Les OGM, très peu pour moi… »

Duke rit à gorge déployée. Le visage de la fille aux cheveux rose se tordit de colère. Elle fit un geste de la tête à Tic et Tac qui s'avancèrent. Adam se leva et s'interposa.

« Hop ! Hop ! Hop ! dit-il, mains en avant. On se calme ! Qu'est-ce que tu fais ici, Lola ? Votre quartier, c'est le salon rouge. À la rigueur, le jaune. On reste volontairement au salon vert pour vous laisser tranquilles, alors ne viens pas chercher des problèmes de ce côté de la station, tu veux ?

— Qu'est-ce que tu racontes, Adam ? fit Lola en repoussant ses cheveux derrière ses épaules. Il n'y a pas de quartiers définis. Tout le complexe nous appartient. Et si j'ai envie de venir régler mes problèmes dans le salon vert, je viens régler mes problèmes dans le salon vert. »

Adam dévisagea un à un Tic et Tac qui se dressaient devant lui comme deux placards prêts à lui tomber dessus.

« Ce n'est pas ce qui était convenu avec Joe. Rappelle tes chiens de garde !

— Je me fiche de ce que veut Joe, déclara Lola. Je ne sais pas pourquoi il prend ta défense, mais ce ne sont pas mes affaires. Je m'ennuie, et cohabiter avec des nègres, ça me donne des idées. On a encore le droit de s'amuser, non ? »

Elle tapota sur les épaules de ses gardes du corps. Ils se tournèrent vers elle comme deux molosses qui s'attendent à recevoir un ordre. Elle hocha la tête.

*Attaquez* ! pensa Duke en la voyant faire.

Sans prévenir, Tic poussa violemment Adam dont le crâne vint heurter le coin du billard. Stan se leva du canapé et s'apprêta à dire quelque chose quand Tac lui envoya un uppercut dans la mâchoire. Il retomba aussi sec, complètement sonné. Les deux costauds prirent chacun l'un de ses pieds, l'entraînèrent au sol et commencèrent à le tirer à travers la pièce.

« On vous l'emprunte pour une petite heure, déclara Lola. Juste le temps de faire connaissance…

— Qu'est-ce que vous comptez lui faire, bande d'enfoirés ? » s'écria Duke.

Il brisa une queue de billard sur son genou droit, s'élança sur la table et sauta sur le dos de Tic – lui enfonçant l'une des deux piques au niveau de l'omoplate gauche. Le visage du grand costaud se fendit de douleur. Il se retourna vivement, et d'un geste ample du bras, envoya Duke au sol. Grimaçant, il s'extirpa le bout de bois sanguinolent. Il le jeta par terre, serra les poings et dévisagea le vieil homme à la façon d'un chien enragé à qui on a volé son os – avec une étincelle de folie au fond des yeux.

*Il va me faire la peau*, réalisa Duke. *Je suis foutu, il va me dépecer jusqu'à la moelle.*

Il poussa sur ses talons et recula sur ses fesses jusqu'à se retrouver dos au mur. Pris au piège telle une souris acculée dans un coin, il se mit à trembler. Tic posa ses deux énormes pieds de chaque côté de ses jambes. Il semblait géant vu du dessous. Il attrapa Duke par le col et, un sourire dément aux lèvres, leva le poing – carré comme une enclume.

*La tête explosée sur la cuvette des toilettes*, pensa Duke, paralysé par l'effroi. *De la cervelle partout…*

« Lâche-le ! » s'écria Adam.

Ce dernier sauta sur le dos de Tic et referma ses bras autour de son cou. Tac intervint, saisit le rouquin par la taille et le tira d'un geste vif et sec – comme s'il arrachait une bande de cire. Au milieu du tumulte, Duke reprit ses esprits. Il serra l'autre morceau de la queue de billard et, à la manière d'un escrimeur avec son fleuret, le planta vivement dans la gorge de son opposant. Il lut la surprise sur le visage du grand costaud – quelque chose d'à la fois tragique et ridicule comme « *oh, j'ai oublié de fermer le gaz à la maison.* » Cette expression l'amusa au point de le faire sourire. Pire même, il en jubila intérieurement.

Tic émit un toussotement. Une gerbe glaireuse de sang s'écoula d'entre ses lèvres. Duke tira sur la tige de bois, ne laissant plus qu'un trou de la taille d'une pièce au creux de la gorge du géant. Il poussa sur ses jambes et s'aida du mur pour se relever. Les yeux de Tic se révulsèrent, son visage devint pâle et flasque comme de la pâte à pain. Il s'écroula face contre terre. Il y eut le bruit semblable à une brindille brisée lorsque son nez s'écrasa contre le sol – os concassés dans une purée de chairs et de mucosités.

Une flaque de sang s'élargit autour du haut de son corps.

Duke en écarta ses chaussures et longea le mur.

« TERENS ! » s'écria Tac en joignant son frère.

Tous se figèrent dans une même expression de stupeur. Les yeux de Lola devinrent ronds comme des billes, son front se plissa tel un éventail. Un bref instant, Duke crut la voir sourire. Non, il en était sûr. Elle avait refoulé un rictus. Elle était heureuse de la tournure qu'avaient prise les choses. Heureuse du désordre qu'elle avait provoqué. Heureuse parce qu'elle avait obtenu ce qu'elle était venue chercher.

*Le chaos…*

Elle dévisagea Duke comme la prochaine allumette qu'elle réduirait en cendres. Sa paupière droite se mit à sautiller de manière spasmodique.

« T'es foutu, négro ! lâcha-t-elle, les lèvres frémissantes. Quand Joe va apprendre ça, il te fera la peau. Franchement, j'aimerais pas être à ta place. » Elle avança et, d'un air de compassion, posa la main sur l'épaule du costaud restant. « Woody, mon pauvre Woody…

— Il est mort, Lola… se lamenta ce dernier. Il… Le nègre… Il l'a tué.

— Oui, j'ai vu. Mais ne t'inquiète pas. Nous allons lui faire payer. »

Woody essuya ses larmes sur ses manches et commença à se relever.

« Oui… »

Debout devant lui, immobile, Duke ne parvenait pas à réaliser ce qui venait de se passer. Il avait tué quelqu'un. Il avait pris une queue de billard et l'avait enfoncée dans la gorge d'un homme. Comment avait-il pu commettre une telle chose ? Comment l'idée lui avait-elle traversé l'esprit ? Était-ce la colère ? Non. La peur ?

Peut-être.

Son corps avait bougé instinctivement, sans aucune once d'hésitation. Il avait tué de sang-froid, et en plus, il ne ressentait pas le moindre remords. Aucune peine, aucune rédemption ne lui venait en tête. Il ne restait que l'acte insensé, le meurtre dans sa plus froide expression, le criminel dans sa blouse parfaitement blanche.

Le visage de Woody s'assombrit. Il évoquait les pires atrocités, celles des recoins les plus obscurs des mitards. Là, ombrageant son défunt frère, Woody se veina sous la contraction de sa colère. Funèbre et esseulé, son regard n'était plus que deux étoiles mortes précipitées dans une nuit sans fin. Face à lui, Duke mollit comme du carton sous la pluie. Fragile, il devinait que Woody n'aurait aucun mal à le déchirer et à l'éparpiller. Ses jambes se mirent à trembler. Il s'apprêta à plier, quand Adam le saisit par le bras et le tira vers la sortie.

« Vite ! Par là ! » Jazz ouvrit la porte du secteur 4. Adam y précipita Duke. « Il faut que tu rejoignes ta chambre, et que tu n'en sortes plus avant qu'on te le dise ! On enverra quelqu'un t'exposer la situation. En attendant, tu disparais ! »

Duke suivit son conseil et courut rejoindre sa chambre. Sa porte fermée, il se laissa tomber sur son lit tel un sac de chair.

Son crime se répéta en boucle dans sa tête comme la scène traumatisante d'un film d'horreur. La queue de billard, la table, le dos de Terens, sa gorge, puis son corps, gisant dans une flaque de sang. Il essaya de ressentir du regret, d'éprouver de la peine pour l'homme qu'il avait tué, mais aussi pour son frère, maintenant en deuil. Sans savoir pourquoi, il n'y parvint pas. Il l'avait fait, et rien ne pouvait changer cela. Il l'avait fait, et c'était tout.

Pas de pitié ni de remords, juste le corps d'un type mort.

Non, ce qui empêcha Duke de dormir ce soir-là, ce fut de penser aux conséquences de son acte. Allait-il disparaître pendant plusieurs jours et perdre la mémoire de nouveau – à la manière de ce Max qui avait explosé la tête d'un gars contre la cuvette des toilettes ?

D'un côté, c'était peut-être ce qui pouvait lui arriver de mieux – oublier celui qui avait déçu Louise, le même qui avait tué Terens. C'était toujours plus facile d'oublier que d'assumer. Mais d'un autre… Woody, Lola, Joe… Tous n'allaient pas manquer de lui faire payer son affront, et il valait mieux qu'il le sache. S'il perdait une fois de plus la mémoire, alors il mourrait dans d'atroces souffrances, et dans l'ignorance.

*Un chat qui se balade à pattes blanches dans un chenil…* songea Duke. Et un dernier mot pour conclusion évidente : *déchiqueté.*

Y penser le plongea dans un profond état d'anxiété. Il se recroquevilla sous sa couette et se mit à frissonner comme si l'air était devenu glacial. Au-delà de sa propre personne, il avait également peur pour Jazz, Adam, Stan et Louise. En prenant la défense du jeune noir, peut-être n'avait-il fait qu'empirer les choses, finalement. Peut-être avait-il allumé la mèche d'un bâton de dynamite qui n'attendait que ça pour exploser.

Son intuition n'était pas mauvaise.

Un carnage allait bel et bien avoir lieu, mais pas nécessairement par sa faute.

# JOUR 6

## 1

Le sixième jour, Duke resta dans sa chambre à l'heure du petit-déjeuner. Stan frappa à sa porte peu après l'annonce de la fermeture du réfectoire, vers dix heures. Il avait mis de côté une brique de lait chocolaté et deux croissants. Duke l'en remercia et avala le tout avec appétit.

« Ah… Ça fait du bien par où ça passe, lâcha-t-il en se caressant le ventre. Je n'ai rien mangé depuis hier midi. Je commençais à avoir la nausée… Sans parler de ces foutues migraines matinales. »

Stan, assis contre la commode, les bras croisés, hocha la tête.

« Comment ça se passe dehors ? demanda Duke.

— Pas super, avoua le jeune en faisant la grimace. Adam dit qu'on ne devrait pas s'inquiéter, que toutes les merdes finissent par se tasser, même les plus grosses. Moi, je n'en suis pas si certain.

— Et pourquoi pas ? »

Stan soupira.

« Il ne faut pas se leurrer. Tant qu'il y aura des racistes, le monde sera jonché de merdes plus grosses que des éléphants. Enfin, ce que je veux dire, c'est qu'on peut ramasser le tout à la pelle, espérer que ça se tasse, mais le véritable problème, ce sont les types qui ne savent pas se retenir.

— Ah. Tu parles de Joe et compagnie, remarqua Duke.

— Entre autres, ouais, confirma Stan. On peut essayer de leur donner tort, de leur faire avaler de belles paroles, ou de leur servir des leçons de vie, ils nous ressortiront toujours les mêmes convictions nauséabondes.

— Je vois où tu veux en venir… » Duke plissa les yeux. « Mais plus j'y réfléchis, et plus je me dis que ce ne sont pas leurs idées qui me dérangent.

— Quoi ? s'insurgea Stan. Tu trouves ça normal, toi ? Qu'ils t'insultent et qu'ils te traitent comme un moins que rien juste parce que t'es noir ? Ça ne te gêne pas ?

— Bien sûr que si. Ce n'est pas ce que je veux dire… » Duke chercha ses mots et s'humecta les lèvres du bout de la langue. « Tu vois, aujourd'hui, je ne pourrais pas m'imaginer coucher avec un autre homme. Je ne suis pas homophobe, mais l'idée me déplaît particulièrement. Est-ce pour autant que je vais insulter ou frapper le premier type homosexuel que je rencontre ? » Il secoua la tête. « Non. Fred, par exemple, il n'arrête pas de me mater les fesses et de m'adresser des clins d'œil quand je fais la queue devant lui au réfectoire. Est-ce que je dois lui crever les yeux pour ça ? Certainement pas. Il fait ce qu'il veut. Il a juste une conception de la sexualité différente de la mienne. Et en même temps, il pourrait essayer de me faire changer d'avis, que je sais qu'il n'y parviendrait pas.

— Ouais, moi non plus. »

Duke hocha la tête.

« Nous sommes tous pareils. Nous avons tous des *idées chewing-gum* collées au plus profond de notre tête, aucune bonne parole ne peut les gratter. D'ailleurs, notre corps est un peu à l'image de notre esprit de ce côté-là. Il est constitué de telle façon que peu importe ce que nous mangeons, il en résultera toujours les mêmes selles. Ce qui me dérange, ce sont les types qui les prennent à pleine main pour nous les étaler sur la tronche. Tu comprends ?

— Pas vraiment, avoua Stan.

— Ouais, moi non plus », concéda Duke avec le sourire. Il croisa les jambes et accompagna ses paroles avec ses mains. « Ce que j'essaye de t'expliquer, c'est que chaque personne est différente. Nous ne pouvons pas demander à tout le monde d'avoir la même opinion que nous, en revanche, nous devons rester tolérants. Joe et sa clique ont le droit d'être racistes, du moment qu'ils n'imposent pas leurs convictions. »

Stan sembla y réfléchir.

« La liberté des uns s'arrête là où commence celle des autres, hein ?

— C'est tout à fait ça, confirma Duke.


— Ouais… Mais le racisme, c'est quand même complètement débile, non ?

— Je n'ai pas dit que toutes les convictions étaient bonnes. Les imbéciles aussi ont le droit d'avoir leurs idées. »

Stan se mit à rire, Duke l'accompagna.

« Mais tu as raison, attesta ce dernier. Tant qu'il y aura des types comme Joe, ce sera toujours la merde. » Il baissa les yeux et observa les paumes de ses mains. « Dans ce complexe, tout le monde a perdu la mémoire, personne n'a de raison particulière d'être raciste. Ça veut dire ce que ça veut dire… C'est juste un prétexte à la haine – à la violence. Joe et sa clique avaient besoin d'un défouloir, et ils l'ont trouvé dans la dissemblance. »

*Abattre tout ce qui n'est pas blanc. Pour eux, c'est comme jouer aux échecs. Heureusement, ils ne sont pas assez intelligents pour élaborer une stratégie.*

« Quand même, ce n'est vraiment pas de chance… soupira Stan, l'air accablé comme un type qui vient de perdre son dernier jeton au casino. Combien sommes-nous enfermés dans cet endroit ? Cinquante ? Soixante ? » Il fit mine de calculer sur ses doigts. « Cette bande de dégénérés représente presque dix pour cent des résidents. Tu te rends compte ? Au moins une personne sur dix est un abruti dangereux dans la station Remove. » Il baissa la tête et soupira. « C'est mon deuxième jour ici, et j'ai déjà l'impression d'être tombé en enfer.

— Ouais, t'as pas tout à fait tort, lui accorda Duke. Mais je ne sais pas si nous avons tous des péchés à expier. Enfin, toi, sûrement pas – t'as une gueule d'ange. En ce qui me concerne, maintenant, j'en ai un sur la conscience. Il s'appelle Terens et doit peser dans les cent-dix kilos. Si nous nous trouvons en enfer, je suis à ma place. »

Stan releva la tête et considéra le vieil homme avec une certaine affection.

« Je ne crois pas, non. Tu m'as sauvé. Si tu n'étais pas intervenu, je ne sais pas ce que ces types m'auraient fait.

— Rien du tout, assura Duke. Adam ne les aurait jamais laissés te faire de mal. Il n'aurait sans doute pas planté une queue de billard dans la gorge de l'un d'eux, mais je suis persuadé qu'il t'aurait secouru d'une autre manière. C'est dans sa nature.

— Oui, tu dois avoir raison. Mais quand même… Je voulais te dire… Merci. »

Duke se pencha en avant et, d'un geste paternel, trifouilla la tignasse du jeune homme.

« Y'a pas de quoi, mon grand. Maintenant, dis-moi : comment Joe a pris la nouvelle ? »

Stan haussa les épaules.

« Pas trop mal.

— Pas trop mal ? répéta Duke en fronçant les yeux.

— Oui, *pas trop mal*. Adam a discuté avec lui, hier soir. Apparemment, Joe a juste bougé les sourcils quand il a appris la façon dont tu avais tué Terens. Il a été d'accord pour te laisser tranquille, et a assuré qu'il se chargerait de calmer les ardeurs de Lola et de Woody. Après quoi, il a serré la main d'Adam et lui a avoué qu'il en avait assez de toutes ces histoires – qu'il aspirait à autre chose.

— Ah bon ? » s'en étonna Duke. Il lui paraissait improbable qu'un gaillard de la trempe de Mr colonel lâche les armes aussi facilement. Il semblait plutôt du genre à tirer à vue juste pour désamorcer le canon. « C'est ce qu'il a dit ? »

Stan acquiesça de la tête.

« Adam croit qu'il prépare quelque chose. Il ne sait pas quoi, mais il l'a surpris en train d'échanger des papiers avec Max et deux autres types bizarres dans le couloir de son secteur. »

*Max, le type qui a éclaté la cervelle d'un autre type sur une cuvette…* se rappela Duke.

« Je me disais aussi… Joe n'abandonnera pas si facilement.

— Oui, surtout que Woody est porté disparu, mentionna Stan. Personne ne l'a aperçu depuis hier soir.

— Woody ? Le frère de Terens ? » Duke réfléchit tout en faisant crisser sa barbe du bout de ses doigts. « Peut-être qu'il est resté aux côtés de son frère jusqu'à dépasser le couvre-feu.

— Non, des gens l'ont vu regagner son secteur un peu avant dix-neuf heures.

— Dans ce cas, il se cache pour mieux se venger.

— C'est probable. Mais Adam dit qu'il y a de fortes chances pour qu'on ne le revoie plus. Il dit que si quelqu'un gère cet endroit, alors ce quelqu'un l'a fait sortir pour éviter qu'il s'en prenne à toi, ou à moi.

— Pas bête. Adam a de la jugeote.

— Et il y a autre chose, indiqua Stan. Les frères étaient sourds et muets. Mais Woody a récupéré ses facultés après ton intervention d'hier.

— Oui… Je me souviens l'avoir entendu parler, témoigna Duke en se tapotant l'oreille droite. Alors… ça veut dire que c'est réversible ?

— Adam l'espère. Pour Jazz, mais également pour Louise et tous ceux qui sont sourds-muets. Il a émis l'hypothèse que nous serions tous des patients atteints d'un même virus avec des complications plus ou moins différentes. Le premier symptôme serait l'amnésie, le second, la surdité et le mutisme. Il suppose que l'agressivité en ferait partie, et que cet endroit serait une sorte de *mise en quarantaine.* »

Duke hocha la tête.

« Ça pourrait se tenir… » accorda-t-il. Il repensa au réfectoire, et à la grande fenêtre qui les séparait des cantinières. « Sauf que la vitre du service des assiettes comporte une ouverture. Si nous étions réellement en quarantaine, ça ne serait sûrement pas le cas.

— Adam y a songé. Il dit que ça dépend du mode de transmission du virus.

— Je veux bien, mais pourquoi garder l'information secrète ? Pourquoi nous avoir entamé le crâne ? Pour nous soigner ? »

Stan haussa les épaules. Un bref instant, Duke se perdit dans ses pensées.

*Le distributeur Boblypop,* songea-t-il. *Il est là pour nous suggérer qu'on nous a fait quelque chose.* Il posa son regard sur le cadre accroché au-dessus de la commode. *Oui, tout ici est fait pour nous le suggérer, sans jamais nous l'affirmer. Nous savons que nous sommes là pour une raison, mais personne ne veut nous dire pour quelle raison exactement. On nous loge, on nous nourrit, on nous stimule. Nous sommes des singes savants. Ce n'est pas un virus, c'est une expérience.*

Cette pensée devint une certitude. Ils étaient des cobayes, rien de plus. Ça expliquait tout – le bracelet, la cicatrice, le nom de cette station. *Remove…* Pourquoi eux et pas d'autres ? Ça, Duke n'en savait rien. Il regarda Stan en silence, songeant que lui en parler ne ferait que précipiter sa descente en enfer.

« Et toi ? demanda-t-il. Est-ce que ça va ?

— Ça peut aller, répondit Stan d'un air fatigué. Adam m'a conseillé de rester enfermé dans ma chambre, moi aussi. Il m'a dit qu'il trouverait quelqu'un d'autre pour nous apporter à manger à tous les deux.

— J'aurais dû m'en douter. Avec cette folle de Lola en liberté dans la station, tu n'es pas en sécurité en dehors de ta chambre.

— Oui. Surtout qu'elle m'a menacé de m'arracher les couilles avec ses dents, pas plus tard que ce matin. »

Duke écarquilla les yeux.

« À ce point ?

— Vraiment.

— Excuse-moi, mais je vais briser ton fantasme. Je doute qu'elle daigne toucher tes parties génitales avec sa bouche. De toute évidence, cette dame te déteste bien trop pour ça. »

Stan prit un air peiné.

« Oh, je suis déçu… J'aurais tant aimé la voir agenouillée devant moi. » Il positionna ses mains devant son entre-jambes comme s'il tenait une balle invisible. « Je me demande quelle sensation ça fait de se taper une barbe à papa. »

Tous deux éclatèrent de rire. La blague n'était pas particulièrement drôle, mais s'en amuser leur permettait de décompresser un peu.

« Bon, voilà ce que je te propose, dit Duke. On n'a qu'à se partager ma chambre jusqu'à ce que toute cette histoire se tasse. T'es d'accord ? »

Un large sourire aux lèvres, Stan accepta sans hésiter une seule seconde.

## 2

En début d'après-midi, on frappa à la porte de la chambre.

« Qui est-ce ? » demanda Duke.

Il ne perçut aucune réponse. Il s'approcha de l'entrée et réitéra sa question en haussant le ton. Cette fois, il entendit quelqu'un parler dans le couloir, mais sa voix, étouffée par l'épaisseur de la porte, ressemblait à un cri dans l'eau. Duke se décida à ouvrir avec méfiance – prêt à refermer d'un coup d'épaule si le besoin s'en faisait ressentir.

Il découvrit un vieux type au crâne dégarni et à la moustache entortillée. Ce dernier se présenta comme étant Franky. Il était un ami d'Adam et, d'une certaine manière, lui était redevable. Peu importait la raison, Franky avait apporté deux sandwichs et deux yaourts avec des cuillères en plastique, et ça, ça suffisait pour lui accorder une certaine sympathie.

« Merci, dit Duke en prenant le tout. Stan va rester dans ma chambre pour le moment.

— D'accord. Vous z'aurez à peu près la même sose ze zoir, précisa Franky. Pour ce qui est de boire, il faudra vous débrouiller avec les zanitaires. »

Ce n'était pas un cheveu que Franky avait sur la langue, mais le plus long et le plus tordu des poils de cul. Non seulement il zozotait quand il parlait, mais en plus, il articulait avec démesure – ce qui l'affublait d'un air d'attardé, et éventait franchement son haleine de fond de cuvette.

Duke se retint de grimacer et referma légèrement la porte.

« C'est parfait.

— Oh, et gardez les cuillères, ajouta Franky. Ze ne vous z'en ramènerai pas d'autres. Ze crois que les cantinières les comptent. »

Et il prit congé.

Duke et Stan partagèrent les sandwichs en deux. L'un était au saumon, et l'autre, à l'avocat. Ils en déduisirent que Adam et Jazz avaient sacrifié leurs entrées, leurs pains et leurs desserts pour eux. Ils s'étaient rationnés afin de leur permettre de manger dans leur chambre en toute sécurité.

« Ces jeunes ont vraiment le cœur sur la main, dit Duke en ouvrant son yaourt. Ils me manquent déjà…

— Je te comprends. Ça ne fait qu'un seul jour que je les connais, et pourtant, ils me manquent aussi », avoua Stan d'une voix morne.

Le repas terminé, tous deux se rendirent aux sanitaires du secteur 4. Ils y burent à grandes gorgées, se douchèrent, se brossèrent les dents, et firent un détour par la case toilettes.

Il était peu probable que Gab s'en prenne à eux deux en même temps. D'ailleurs, Duke le jugeait même bien trop vieux et chétif pour s'attaquer à lui seul. Mais il fallait rester méfiant. Peut-être que Joe avait d'autres connaissances dans le secteur 4. Peut-être qu'un bracelet qui siffle trop fort ne suffirait pas pour arrêter Lola la foldingue. Peut-être que quelqu'un attendait dans l'ombre du couloir pour les attraper et les faire sortir par la grande porte. Il n'y avait que dans la chambre qu'ils étaient véritablement en sécurité. En dehors, ils devaient rester sur leurs gardes.

Stan et Duke tapèrent de l'as durant tout l'après-midi. En passant par sa chambre pour prendre quelques affaires, le jeune avait trouvé un paquet de cartes dans sa commode. Une chance qui leur permit de tuer l'ennui d'une journée entre deux amnésiques rongés par l'angoisse.

Dans la soirée, quelqu'un frappa à leur porte. Cette fois-ci, Duke redoubla de vigilance et s'arma d'une latte brisée qu'il avait décrochée de son lit. Franky prit peur en le voyant ouvrir avec le morceau de bois entre les mains et pâlit.

« Z'est moi ! Z'est moi ! s'exclama-t-il.

— Oh. Excuse-moi si je t'ai effrayé, dit Duke. Pure précaution.

— Ouais… T'en fais pas, ze comprends. »

Franky tendit un petit paquet emballé dans des serviettes en papier.

« La commande *tout comme midi* de ze monzieur. »

Duke prit le tout, remercia Franky, puis lui proposa de mettre en place un *code de frappe* pour éviter toute confusion – deux coups vifs, trois coups lents, un coup léger, appuyer une fois sur la poignée.

Stan et Duke partagèrent leur repas en se demandant combien de temps *toutes ces conneries* allaient durer. Cette journée avait été éprouvante pour eux. Ce n'était pas qu'ils se trouvaient ennuyeux, mais qu'ils l'étaient véritablement. Ils n'avaient rien à se raconter, mis à part leurs derniers souvenirs – leurs quelques journées de souvenirs. Les cartes, c'était sympa, mais la bataille ne les avait vraiment amusés que les dix premières minutes.

Avant de dormir, ils discutèrent du plus animé des sujets du monde : les femmes. Il y en avait quelques-unes qui valaient le détour dans la station. Ema, la jolie rousse au déhanché envoûtant ; Aly, la forte blonde au visage angélique ; et, ils devaient l'admettre, Lola, qui dégageait quelque chose de très *sexuel*. Stan avoua que Louise faisait son parfait fantasme en tant que femme mature, tandis qu'il jugea Jazz trop renfermée, assez plate pour y cuire un œuf, néanmoins attachante – *la petite sœur idéale*. Duke acquiesça sans trop se prononcer, de peur de se dévoiler. Il ne pouvait quand même pas avouer qu'il avait touché les formes *pas si parfaites* de Louise, au point de lui faire regretter, et, d'une certaine manière, qu'il enviait celles quasi inexistantes de Jazz.

Duke et Stan se rendirent aux toilettes tard dans la nuit et en profitèrent pour s'hydrater aux robinets. Duke songea qu'il leur faudrait demander à Franky de leur rapporter une carafe du réfectoire. Ils pouvaient se passer de verres, mais un contenant pour garder un peu d'eau avec eux ne serait pas du luxe. Avant d'aller au lit, Stan vérifia à deux reprises que la porte de la chambre était bien fermée. Il s'allongea à côté de Duke et tira la couette jusqu'à son menton.

« Pour tout t'avouer. Je ne sais pas ce qu'on fait dans cet endroit, mais j'ai peur », confia-t-il.

Le regard de Duke se posa sur le cadre qui leur faisait face.

*Remove. Pour le bien de tous.*

« Il ne faut pas. Je pense que si nous sommes ici, c'est pour une bonne raison. »

Il n'en était pas sûr. Aussi, il hésita un instant avant d'éteindre la lumière.

## 1

« *Alerte ! Retournez dans vos chambres respectives ! Alerte ! Fermeture des portes dans trente minutes ! Alerte !* »

Duke se réveilla en sursaut. Une migraine grande comme un tire-fond s'enfonça aussitôt dans son crâne. Il tenta de s'asseoir au bord de son lit, glissa et tomba sur les genoux.

« *Alerte ! Retournez dans vos chambres respectives ! Alerte ! Fermeture des portes dans vingt-neuf minutes ! Alerte !* » répétait la voix.

« C'est quoi ce bordel ? » s'écria Duke en serrant sa tête entre ses mains.

Il se mit en boule, le front contre la moquette. Son mal de crâne disparut progressivement – comme il l'avait fait la veille, et l'avant-veille.

*C'est ça, retourne dormir. Une couleuvre… Ils m'ont enfoncé une saloperie de couleuvre dans la caboche.*

Duke se releva avec prudence et constata que Stan n'était plus là.

« Merde ! Quelle heure est-il ? »

Il enfila ses chaussures et, les yeux encore collés, entrouvrit la porte de sa chambre. Les lumières clignotaient à l'extérieur. Il se demanda quel pouvait en être la raison, quand Franky le dépassa en courant. Il sortit dans le couloir afin de le rattraper.

« Hey ! Franky ! Qu'est-ce qui se passe ? »

Le moustachu rejoignit une porte, lui lança un drôle de regard anxieux, presque transpirant, et s'esquiva dans sa chambre sans même lui répondre. D'un seul coup, Duke eut la certitude que quelque chose était arrivé à Stan. Peut-être que le jeune s'était rendu aux toilettes, et qu'il s'était fait capturer par Gab et compagnie. Peut-être que Lola était venue le chercher. Peut-être que l'alerte avait été donnée, car ils étaient en train de le tabasser à mort.

Peut-être que…

« Stan ? cria Duke. STAN ! »

Il avança dans le couloir et frappa à la chambre du jeune – sans succès. Il fit un tour dans les sanitaires, mais n'y trouva personne. Il revint sur ses pas et, soudain, perçut des cris similaires aux gémissements d'un chien matraqué de coups de bâton. Ils provenaient de l'extérieur du secteur – du salon vert. Duke réprima un frisson.

« Qu'est-ce qui se passe, bordel ! » murmura-t-il en serrant les dents.

Il s'avança lentement vers la double porte et posa l'oreille contre son métal froid. Ce qu'il entendit le glaça de la tête aux pieds – des cris, d'effroyables cris évoquant les pires films d'horreur.

Une pensée traversa l'esprit de Duke comme l'éclair luisant au milieu de l'orage. *Stan, Jazz, Adam, Louise…* Ils étaient peut-être en danger. Si c'était le cas, il devait aller les aider. Il devait passer par sa chambre, s'armer d'au moins une latte de son lit, et se précipiter à leur secours. Il devait prendre leur défense, pour la simple et bonne raison qu'ils étaient tout ce qu'il avait – tout ce qui lui restait.

Il y eut un hurlement terrifiant, un cri bien plus tonitruant que tous les précédents – un cri semblable au bruit d'une charnière mal huilée, à la plainte d'une craie sur un tableau noir, au grincement lugubre d'un animal écorché dans une nuit profonde. C'était un venin qui coulait dans les tympans comme de l'acide avant de traverser la chair et les os. Un venin dont le seul remède était une fuite interminable.

Les jambes de Duke devinrent du coton, et son courage lui tomba aux chevilles. Non. Il ne pouvait pas. Des gens étaient en train de souffrir, mais lui n'était pas capable de les sauver. Lui n'était pas un héros. Lui n'en avait pas l'étoffe. Il s'écarta doucement de la porte et s'apprêta à faire demi-tour afin de retourner dans sa chambre, quand une pointe le piqua au milieu du dos.

« Si tu te retournes, je t'embroche ! » menaça une voix.

Duke leva les bras en l'air comme par réflexe et s'immobilisa. Le frisson au corps, il osa un coup d'œil par-dessus son épaule. Une douleur vive lui fendit l'échine.

« Je t'embroche ! »

C'était Gab. Malgré les lumières clignotantes, Duke avait reconnu ses cheveux gras luisants, son teint grisé et rugueux qui faisait penser à du béton poncé. Il ne savait pas avec quel genre d'objet tranchant ce vieux rat le menaçait, mais ça avait déjà entamé sa peau.

« Gab… Quelle surprise. Moi qui croyais que t'étais sourd et muet…

— Quand on n'a pas envie de causer, c'est plus facile de le faire croire.

— Quoi ? Tu veux dire que tu… » Duke déglutit. Une goutte froide s'écoula le long de sa tempe. « Tu parles ?

— Faut croire.

— Mais pourquoi ?

— Bon Dieu ! C'est évident, non ? Pour entendre ce que les autres ne peuvent pas entendre », lâcha Gab. Il avait la voix de quelqu'un qui mâche des mégots depuis l'adolescence – une voix de cendrier. « C'est fou ce que les gens peuvent dire devant toi quand ils croient que t'es sourd. » Il renâcla, puis cracha. « Je n'aime pas les gens. Je n'aime pas Adam. Je n'aime pas Joe, et surtout, je n'aime pas les types dans ton genre. Je sais pourquoi on est là – j'ai compris pourquoi on est là. Et je devine que c'est le cas de la plupart des sourds-muets. Quand on te retire tes oreilles, tu fais beaucoup plus attention à ce que tu vois. »

Duke fronça les sourcils et tenta de se retourner.

« Attends, tu sais pourq…

— AVANCE ! » ordonna Gab d'un ton menaçant.

« *Alerte ! Retournez dans vos chambres respectives ! Alerte ! Fermeture des portes dans dix-neuf minutes ! Alerte !* »

Duke fit un pas en avant tout en courbant son dos comme un arc afin de s'extirper la pointe de la colonne vertébrale.

« Non, le secteur va bientôt fermer et… »

Gab le saisit au cou et apposa un objet tranchant sous sa carotide.

« Je te préviens, murmura-t-il à son oreille. Si tu ne pousses pas cette porte tout de suite, je me sers de ce morceau de miroir pour t'égorger comme un cochon, vieux pervers. »

*Un morceau de miroir.* Duke baissa les yeux et tenta d'apercevoir la chose – en vain.

« Vi… vieux pervers ? répéta-t-il comme s'il avait mal entendu.

— Ouais, confirma Gab. J'ai remarqué la façon dont tu reluquais la petite jeune. T'en baverais presque devant ses nibards d'adolescente. C'est franchement dégueulasse. Il n'y a pas pire que les types comme toi. Ça me dégoûte.

— Non, ce n'est pas ce que… »

Duke sentit le tranchant se resserrer sur sa gorge.

« OK ! OK ! J'avance ! » dit-il d'une voix étranglée.

Il poussa la double porte. Une forte odeur de fer lui crocheta les naseaux. Une vision de cauchemar le prit aux tripes. C'étaient bien des hurlements qu'il avait entendus. Les hurlements de gens mis à l'abattoir et égorgés comme du bétail.

Le salon vert était maculé de sang frais. Un corps était recroquevillé sur le billard. C'était celui de l'homme avec lequel Duke avait joué aux fléchettes cinq jours auparavant – Fridge. Sa combinaison, rouge d'hémoglobine, était zébrée de coups de couteau, la bille blanche était enfoncée dans sa bouche, tandis que ses yeux, arrachés à leurs orbites, reposaient sur le tapis, entre les boules. Quelqu'un semblait avoir joué au billard avec.

Une femme blonde d'un certain gabarit était étendue au sol derrière lui – Aly. La carotide tranchée, la combinaison déchirée au niveau du fessier, elle gisait dans une flaque de sang qu'un tapis en sisal peinait à absorber. Duke sentit sa gorge se nouer à l'idée de finir comme elle – flasque et inerte, mariné dans son jus à la manière d'une étoile de mer échouée sur le sable.

Mais le plus effroyable des frissons l'accabla lorsque son regard se posa sur le canapé. Louise, entièrement nue, y était allongée sur le dos, les jambes écartées. Ses yeux fixaient un vide interminable, ses joues brillaient de larmes, sa poitrine, méconnaissable, était en charpies. Quelqu'un l'avait violée et s'était acharné sur elle à la manière d'un boucher qui attendrit son steak à grands coups de couteau.

Duke sentit son cœur se contracter et fut épris d'une nausée en même temps. Le fond de son estomac lui vint en bouche. Il le ravala aussitôt. Un horrible goût acide le fit grimacer.

*Louise… Non, Louise…*

« Qu… quel genre de monstre peut faire une chose pareille ? prononça-t-il en serrant les dents.

— Le genre qu'on enferme dans un endroit comme celui-ci, déclara Gab d'un ton résigné. La vérité se tient juste sous tes yeux : nous sommes tous des monstres.

— Non, je n'aurais jamais pu commettre une telle boucherie. Nous ne sommes pas tous…

— T'as bien saigné Terens – et de sang-froid à ce qu'on m'a raconté. »

*Terens...* Oui, c'était vrai. Duke l'avait tué, et n'en avait pas éprouvé le moindre remords. Finalement, il était peut-être un monstre, lui aussi – différent, moins sadique, mais un monstre quand même.

« Peut-être, concéda-t-il à regret. Mais Adam et Jazz, ce sont de bonnes personnes. Nous ne sommes pas ici parce que nous sommes fous. Non, c'est le virus qui nous rend comme ça.

— Le virus ? Quel virus ? fit Gab d'un ton incrédule. Arrête de te trouver des excuses. Si on était malade, on nous l'aurait dit. Tu crois pas ? »

Oui, Duke le croyait – il le savait. Il n'était pas aussi naïf qu'Adam.

*Nous sommes des cobayes,* pensa-t-il de nouveau. *Pourquoi nous et pas d'autres ?*

Cette fois-ci, la réponse lui parut évidente.

*Parce que nos vies ne valent rien.*

*Parce que nous sommes pires que des animaux.*

*Parce que nous sommes des monstres.*

Gab força Duke à sortir du salon. En entrant dans le couloir suivant, ils se retrouvèrent face à une jeune femme brune. Gémissante, elle pansait son ventre dégoulinant de sang avec sa main gauche, tandis que sa main droite laissait des empreintes rouges sur le mur au fil de son avancée – des peintures à cinq doigts comme on en trouve dans les classes d'écoles. Duke l'observa avec de grands yeux hagards.

« Qui t'a fait ça ? » demanda-t-il d'une voix serrée.

La femme ne releva pas la tête. Elle poursuivit sa marche zombiesque en silence, et ce, jusqu'à franchir la porte du salon vert.

« Peuh... Joe et sa bande de cinglés, fit Gab. Joe le fou furieux. Joe le grand malade qui se met à poil, s'enfonce des trucs dans le cul et se tape la tête contre les murs.

— Quoi ? réagit Duke en fronçant les sourcils. Comment est-ce que tu sais ?

— Ah, t'es au courant, toi aussi. C'est vrai que t'es le pote du rouquin... Je te l'ai dit. C'est fou ce que les gens peuvent avouer devant toi quand ils croient que t'es sourd. J'ai surpris Joe en train d'en parler avec Adam, il y a trois semaines. En plus, il y a deux chambres collées à celle de Joe, et Twinkle est dans la deuxième.

— Twinkle ?

— Ouais, Twinkle. Tu ne le connais pas, hein ? dit Gab d'une voix souriante. Normal. C'est le plus rusé d'entre nous. Quand on s'est réveillés dans st'endroit, personne ne nous a remarqués, Twinkle et moi. Qui se préoccupe du sort de deux vieux croutons malades ? Pas grand monde, faut croire. Dès le premier jour, on s'est retrouvé à l'écart des autres, c'est donc tout naturellement qu'on s'est lié d'amitié. Assis dans notre coin, on a observé tout ce joli petit monde, et on a vite compris à quel point les pensionnaires de ce complexe étaient dangereux. C'est pour ça qu'on s'est fait passer pour des sourds-muets. Si t'as pas l'air d'un problème, personne ne te considère comme tel. »

Gab s'était arrêté de marcher pour flatter son orgueil, et Duke se dit que c'était une bonne chose – du temps de gagné. Une ouverture se profilerait peut-être à l'autre bout du couloir. Adam, Stan, Jazz… Quelqu'un pouvait toujours le sauver. Sinon, un coup de coude bien placé dans un moment opportun.

« Pourtant, t'as bien rejoint la bande de Joe, fit remarquer Duke.

— Tu connais le proverbe : sois proche de tes amis, et encore plus proche de tes ennemis. Joe est un grand psychopathe, il vaut mieux être avec lui que contre lui. »

C'était aussi ce qu'Adam avait dit à Duke : qu'il valait mieux marcher dans le sens du vent, au risque de se prendre une tôle en pleine tronche.

« Et Twinkle ?

— Il préfère jouer dans l'ombre. Je te l'ai dit, sa chambre est voisine à celle de Joe, ce qui a certains… *avantages*. Tout comme le rouquin, il l'a entendu se frapper la tête contre les murs en pleine nuit, mais ça ne l'a pas étonné plus que ça. On a toujours su que ce gars était timbré – on l'a remarqué dès le premier jour. Il a la caboche d'un avion de chasse impatient de larguer ses missiles. Il avait un gros bouton rouge dans la cervelle qui n'attendait qu'une seule chose : que quelqu'un se décide à appuyer dessus. Et avec Twinkle, c'est ce qu'on a fait.

— Vous ? Comment ça ?

— Haha, tu veux vraiment savoir ? La pire chose qui peut arriver à un fou, c'est de réaliser qu'il est fou. Twinkle savait que

Joe laissait sa porte ouverte la nuit pour qu'Adam vienne contenir ses crises de somnambulisme, et que personne ne le surprenne dans le couloir avec un truc coincé entre les fesses. Alors, il en a profité. Il s'est rendu dans sa chambre à de nombreuses reprises, a uriné sur ses draps plusieurs nuits de suite, a étalé de la merde sur ses murs, a écrit JOE au feutre rouge partout sur ses meubles… Lui, il dormait comme un gros bébé.

— On se demande qui est le plus cinglé dans cette histoire…

— Oh, avec Twinkle, on n'a jamais dit qu'on était normaux. On l'est peut-être moins que certains, mais sûrement plus que Joe. On savait qu'il finirait par péter un câble, et on voyait bien l'influence qu'il avait sur les individus de son genre. C'était le roi des fous, et tous ceux qui lui ressemblaient étaient attirés par lui comme par un aimant. Twinkle agissait. Moi, je prenais la température. Je dois bien avouer que mon ami a réussi à lui faire monter le mercure à la tête. »

Gab émit un petit rire saccadé semblable aux crachotements d'une vieille tronçonneuse.

« Il y a trois nuits, on a décidé de précipiter les choses. Twinkle a étalé les vêtements de Joe dans le couloir de son secteur et a chié dessus. Personne n'a su dire qui avait fait ça, mais Joe le savait très bien. Il n'y avait que lui pour commettre une telle crasse. Lui, qui perdait de plus en plus la tête. Lui, qui jouait avec ses excréments la nuit…

« Comme on s'y attendait, il a paniqué. Quoi de plus normal ? Si quelqu'un le surprenait en train de repeindre les murs du couloir en pleine nuit, alors on le jugerait pour ce qu'il était réellement. Il allait perdre le contrôle. Il allait perdre son trône. Et que fait un fou lorsqu'il s'apprête à tomber ? Il précipite sa chute. Joe a fait passer le mot qu'il souhaitait prendre la station Remove par la force. Pour lui, il s'agissait du seul moyen de connaître la raison de notre présence ici – ce que de nombreuses personnes ont approuvé. Mais je pense que si les gens l'ont suivi aussi facilement, c'est parce qu'au fond d'eux, ils savaient déjà pourquoi ils étaient là. On peut nous effacer la mémoire, mais pas notre véritable reflet. Un monstre reste un monstre, et il le réalise dès qu'il se regarde dans un miroir. »

Gab poussa Duke à reprendre la marche. Ce dernier obéit et déglutit bruyamment. Ils s'éloignaient du salon vert – du secteur 4. L'espoir d'une échappée s'amenuisait de pas en pas.

L'angoisse comprima sa poitrine. Son estomac devint aussi lourd qu'un boulet de canon.

« Alors, c'est quoi ? Un suicide collectif ? demanda-t-il pour gagner davantage de temps.

— Non ! Tu n'as rien compris à ce que je viens de dire ! s'offusqua Gab en resserrant sa prise si brusquement que Duke en eut la respiration coupée. C'est une tuerie ! C'est un massacre ! C'est l'accomplissement de nos pulsions instinctives ! C'est l'œuvre à laquelle nous étions destinés – le final tant attendu par ceux qui nous ont enfermés dans cet endroit ! »

« *Alerte ! Retournez dans vos chambres respectives ! Alerte ! Fermeture des portes dans onze minutes ! Alerte !* »

« Allez, finis de discutailler… Avance ! Plus vite ! Je pense que Joe sera heureux de te voir.

— Je… je croyais que tu méprisais Joe, prononça Duke, pris d'une sueur froide à l'approche de l'intersection. Pourquoi me livrer à lui, si c'est pour qu'il me tue ? Qu'est-ce que je t'ai fait ? C'est parce que je suis noir, c'est ça ? C'est pour cette connerie de racisme ?

— Oh, tu te trompes, mon gars. J'en ai rien à battre que tu sois noir ou bleu. Si j'te conduis à une mort certaine, c'est pas à cause de ta couleur de peau, mais parce que t'es comme Joe.

— Comme Joe ?

— Ouais… T'es un monstre. J'en suis sûr. Je l'ai vu dans tes yeux. Désolé, mon gars, mais s'il y a bien quelqu'un qui mérite de crever ici, c'est toi. »

Les derniers mots de Gab furent semblables au murmure de la mort. Ils glacèrent Duke jusqu'à ses entrailles – jusqu'au plus profond de son âme. Hideux, terribles, ils sonnaient le glas à venir, refermaient les menottes de la guillotine, invoquaient les pires ténèbres.

Duke était à la merci de son bourreau.

Quand il réalisa qu'il n'y avait plus aucun espoir d'y réchapper, il tenta de se débattre, mais sentit aussitôt la lame de Gab entamer la peau de son cou. La boule au ventre, il se mit à gémir. Il allait mourir, et il craignait la manière dont Joe l'y condamnerait. Il était terrorisé à l'idée de souffrir, d'être saigné, déchiqueté, éparpillé…

Il poursuivit sa marche sous la menace de l'éclat de miroir. Sa gorge se noua. Des larmes ruisselèrent sur ses joues lorsqu'ils sortirent du couloir, et qu'ils firent face à Joe.

Le sol du *rond-point* était maculé de traces de sang, du distributeur de sucettes jusqu'aux huit portes. Il n'y gisait pas le moindre corps, mais on pouvait deviner ce que Joe faisait là. La combinaison trempée jusqu'aux chaussettes, un grand éclat de miroir à moitié enveloppé dans un tissu en main, le visage constellé de taches rouges, une *Boblypop* coincée entre les dents, il avait tout l'air d'un boucher qui attend que passe le prochain cochon à égorger. Un sourire d'une largeur effroyable s'esquissa sur son visage lorsqu'il vit Duke en compagnie de Gab. Il retira sa sucette de sa bouche et la balança par terre, dans le sang.

« Mon négro ! s'exclama-t-il d'un ton enthousiaste, les bras grands ouverts. Mais quelle surprise ! Vraiment : quelle surprise ! Je ne m'attendais pas du tout à ce que tu fasses partie de la fête ! »

Duke perçut une lumière folle dans ses yeux – une flamme de pure démence, une fenêtre sur l'enfer.

*C'est un sadique*, pensa-t-il. *Il va me détailler en petits morceaux, et en gardant son putain de sourire.*

Sa vessie se relâcha, et il urina dans sa combinaison. Il sentit le liquide chaud se répandre le long de sa cuisse droite et noyer sa chaussure. Joe le remarqua.

« Mais on dirait que t'as peur ! s'en amusa-t-il. Oh ouais, t'as une sacrée frousse, même ! Assez pour pisser dans ton froc, en tout cas. » Il joua de la pointe de son éclat de miroir sur son pouce et, en un éclair, son sourire dégringola pour ne laisser qu'un visage terne et sans pitié. « T'as raison. Je serais dans le même état si j'étais toi.

— Où… où est St… Stan ? bégaya Duke.

— Stan ? » grimaça Joe. Il se massa le menton d'un air pensif. « Ah, oui ! Stan ! Il me semble qu'un certain *Danny* l'a livré à Lola. Non : Franky ! Haha, sacré Franky… C'est dingue tout ce qu'un homme peut faire comme saloperies pour une foutue partie de jambes en l'air… »

Duke serra les dents et reprit contenance.

« Où est-il ? Où est Stan ?

— Avec moi », dit Lola qui fit irruption de derrière la porte du cinéma. Elle s'avança devant Duke et plongea son regard dans le sien. Elle lui cracha au visage, pile entre les deux yeux. « Oui. Il est juste là. Tu peux lui dire bonjour si tu veux. »

Elle leva la main droite et, du bout des doigts, agita un trois-pièces sanguinolent – amas de chair veineux – sous le nez de Duke. Elle le laissa mollement tomber. Il y eut un bruit semblable à celui d'un œuf qui éclate quand la chose toucha le sol.

« Je lui avais dit que je lui arracherais les couilles, à ce sale nègre. » Elle fit claquer sa langue contre son palais. « Bizarrement, il n'a pas trop apprécié notre petit jeu sexuel. »

Duke sentit son estomac se retourner. *Un cauchemar... Ce n'est pas possible. Je vais me réveiller. C'est un cauchemar.* Il ne put s'empêcher de vomir. Une soupe acide jaunâtre s'échappa d'entre ses lèvres. Lola le toisa avec une profonde expression de dégoût et s'en écarta. Duke secoua la tête et, instinctivement, repoussa l'appareil génital au plus loin de lui avec son pied gauche.

« Vous... Vous êtes des tarés, prononça-t-il, un filet de bave pendant à son menton.

— Oh, tu crois ? » demanda Lola d'un ton de petite fille blessée. Elle fit tourner la molette du distributeur de sucettes. Une *Bobbypop* en tomba. Elle la déballa et la coinça entre ses dents. « À ton avis, pourquoi sommes-nous enfermés ici ?

— J'ai bien peur de le savoir, maintenant. »

Joe fit signe à Gab de s'écarter. Ce dernier lâcha Duke et, d'un geste vif, le poignarda à la cuisse droite. Le vieil homme plia sous le coup et s'effondra sur les genoux.

« Putain d'enfoiré ! » s'écria-t-il, le visage en chiffon.

Il se mordit la lèvre inférieure aussi fort que la douleur fut pénible. La porte par laquelle il était arrivé s'ouvrit et se referma dans son dos.

*Bah alors, tu ne restes pas avec nous, Gab ? pensa-t-il. Tu ne veux pas causer avec tes amis ?*

Il baissa la tête le menton contre son torse et, tout en se tenant la cuisse, se mit à rire.

« Qu'est-ce qui te fait marrer comme ça ? demanda Joe.

— Gab... Ce type, il vous a tous menés en bateau », prononça Duke, le sourire aux lèvres. Il leva les yeux et dévisagea Joe. « Je croyais que c'était toi qui dirigeais la barque. Mais non, c'était Gab. Haha ! C'était ce vieux Gab – moche comme une truite séchée, maigre comme une ficelle, et aussi sourd que moi. »

Joe sourcilla. Il s'approcha de lui et plia les genoux pour se mettre à sa hauteur.

« Qu'est-ce que tu racontes, mon négro ?

— Je crois qu'il délire, émit Lola.

— Oh, non. Je ne délire pas du tout, affirma Duke en secouant la tête. Gab n'est pas sourd, et il n'est pas muet non plus. Il vous a rendus fous… » Il plongea son regard dans celui de Joe. « Il t'a rendu fou. Ce n'était pas toi qui pissais sur tes draps et qui chiais sur tes murs. C'était lui.

— Quoi ? » fit Joe. La stupeur se peignit sur son visage. « Non, tu mens.

— C'est quoi cette histoire ? » demanda Lola.

Duke pencha la tête sur le côté.

« La nuit, Joe s'enfonce des trucs dans le cul et se frapp… »

Joe lui envoya un coup de poing dans la mâchoire. Ses dents s'entrechoquèrent, et le goût du fer remplaça celui de la bile.

« Il divague ! Hein, tu divagues ? » lâcha Joe.

Du sang s'écoula de la bouche de Duke. Sa lèvre inférieure avait éclaté.

« Non, je ne…

« Ferme-la ! le coupa Joe, le visage strié de colère. Je vais m'occuper personnellement de ton cas. Et je peux te promettre que ce que je vais te faire subir, ça sera bien pire que ce que Lola a fait à ton pote ! »

« *Alerte ! Retournez dans vos chambres respectives ! Alerte ! Fermeture des portes dans cinq minutes ! Alerte !* »

Joe leva la tête.

« On a plus beaucoup de temps. Je ne sais pas ce qu'il va se passer quand tout ça sera terminé, mais j'ai ma petite idée… Nous allons tous crever. Ouais… » Il dévisagea Duke avec un air pensif, le saisit par les joues d'une poigne raide, puis esquissa un sourire démentiel. « Et si je commençais par t'arracher les yeux ? Ça pourrait être amusant, non ? »

La peur gonfla Duke d'adrénaline – exactement comme la fois où il avait sauté sur Terens. Il serra les poings et, d'un geste vif, décocha une puissante droite dans la mâchoire de Joe. Ce dernier vacilla en arrière et tomba sur le dos tel un cafard asphyxié.

« Joe ! s'écria Lola. Putain de négro ! »

Son éclat de miroir en main, elle s'apprêta à se jeter sur Duke telle une harpie en furie, quand l'une des huit portes s'ouvrit brutalement. Adam et Jazz déboulèrent sur le *rond-point*, armés d'une queue de billard et d'un tuyau en fer. Joe, allongé au sol, secoua la tête. Il reprenait ses esprits. Adam balaya la pièce du regard.

« Duke ! Retourne vite dans ton secteur ! cria-t-il, le visage transpirant. Max et un autre type sont à notre poursuite ! Ils veulent nous massacrer ! »

Lola fit un gauche-droite de la tête et serra les dents.

« Oh, non ! Je ne te laisserai pas partir, négro ! » adressa-t-elle à Duke comme si elle avait vu l'espoir briller dans ses yeux.

Elle brandit l'éclat de miroir au-dessus de sa tête et s'élança vers Duke. Ce dernier tenta de se relever, glissa sur l'appareil génital de Stan, et retomba sur les fesses. Adam poussa un cri de guerre et chargea Lola, la queue de billard tendue devant lui tel un perchiste avant son saut. Il faucha la fille aux cheveux roses et la cloua au mur – l'embrochant au niveau de l'abdomen comme un morceau de viande sur un pic à brochette.

Jazz accourut auprès de Duke, l'aida à se remettre sur pieds, et remarqua qu'il saignait à la cuisse. Elle lui proposa son épaule pour soutien. Prise pour béquille, elle clopina en direction de la porte qui donnait sur le couloir derrière eux.

Adam extirpa la queue de billard du ventre de Lola qui s'effondra assise, les yeux exorbités, l'air hagard. Il se retourna pour rejoindre Jazz et Duke. Mais quand il enjamba Joe, celui-ci le saisit à la cheville et le fit tomber. En le voyant s'affaler au sol, Jazz voulut lui porter secours. Duke l'en empêcha. Max et un autre gaillard avaient déboulé sur le *rond-point*. L'écume au menton, les yeux avides de violence, ils ressemblaient à des chiens enragés qui avaient flairé la piste d'un renard.

Adam envoya un coup de pompe dans la face de Joe et se releva à quatre pattes. Max arriva par-derrière, l'attrapa par les cheveux et, sans une once d'hésitation, l'égorgea. Les yeux du rouquin devinrent deux billes, sa bouche se tordit, tandis qu'un sourire sanguinolent s'élargissait sous son menton. Les lèvres de Jazz s'ouvrirent en grand, sans émettre aucun son. Le type qui était avec Max se précipita vers elle. Duke la tira dans le couloir. Il ferma les portes, arracha le tuyau en fer des mains de la jeune fille et le fit glisser en travers les poignées.

## 3

« *FERMETURE DES PORTES !* »

Assise sur le lit, des rivières de larmes interminables sur les joues, Jazz tremblait dans les bras de Duke qui, grimaçant, lui caressait le dos pour tenter de la calmer.

Elle ne pouvait pas l'entendre, mais son bracelet émettait un son de plus en plus aigu – un son comparable au crissement d'une craie sur une ardoise sans fin. Duke devinait que ses tympans allaient exploser, et qu'il finirait sourd, lui aussi. Mais c'était le dernier de ses soucis. Il avait mal à la jambe, et il était traumatisé par tout ce qui venait de se passer.

Toutes ces morts, tout ce sang…

Les images du massacre tournaient en boucle dans sa tête comme les pires passages d'un film atroce. Horribles, elles lui évoquaient quelque chose d'encore plus terrifiant, quelque chose comme un monstre qui sommeillait au plus profond de lui, quelque chose comme un air de ressemblance. Il tenta de repousser cette boule de crasse froide loin de son esprit, et y parvint en partie grâce à la chaleur du corps de Jazz. D'une certaine manière, elle était comme une bouillote fumante tombée au milieu d'un hiver glacial. À cet instant, elle était pour lui, ce qu'il était pour elle : une présence vitale. Il se cramponna à cet unique réconfort. Celui de se dire qu'il n'était pas seul. Non, ils étaient deux.

Il était avec la jeune Jazz.

Le son aigu devint de plus en plus fort. Duke supporta la douleur. Il sentit son cerveau bouillonner dans son crâne, jusqu'à ne plus rien entendre. Un liquide chaud s'écoula de ses oreilles, mais il garda les bras serrés autour de Jazz. La jeune fille s'était endormie, allongée contre lui. Duke la contempla dans son sommeil. Les contours de ses lèvres en cœur, la courbe lisse de ses joues, la tranquillité sur ses paupières intactes… Malgré tout ce qu'elle avait pu subir, son visage restait celui d'un ange – innocent et paisible.

Dans leur étreinte, sa combinaison s'était échancrée. Le regard lubrique de Duke s'attarda sur le sein qui en sortait. Il était assez petit pour tenir dans une main et semblait ferme comme une poire à peine mûre. Duke sentit son pénis gonfler dans son pantalon. Un bref instant, il en fut honteux. Cependant, par besoin de s'éloigner de tout ce sang qui tachait son esprit, il laissa libre cours à cette soudaine envie.

Il la désirait. Il l'avait toujours désirée.

*Après tout, ça ne lui fait aucun mal. J'aurais tort de ne pas en profiter – de ne pas me rincer l'œil. Oui, je ne fais que regarder… Regarder pour ne plus penser…*

Il caressa le visage de Jazz.

*Ce carnage… Ces horreurs… J'ai besoin d'un peu de réconfort.*

Ses doigts léchèrent le cou de la jeune fille.

*Qui sait ce qui va nous arriver ? Nous sommes peut-être condamnés à mourir.*

Il glissa sa main dans l'échancrure de la combinaison de Jazz et s'attarda sur son sein gauche. Ce dernier était comme Duke l'imaginait – à sa taille. Le vieil homme tira sa fermeture vers le bas et prit son érection dans son autre main. Il se masturba et, dans sa folle excitation, plongea plus loin dans l'intimité de la jeune fille. Ses doigts se retrouvèrent très vite dans sa culotte. Il se mit à exhaler bruyamment tel un pervers retraité qui gargarise dans la lumière télévisée d'un porno.

Jazz se réveilla en sursaut et, d'instinct, le repoussa comme s'il lui avait écrasé un mégot de cigarette sur la peau. Malgré l'aversion évidente qui peignait son visage, Duke insista. Il la saisit par les poignets et s'assit sur elle à califourchon. Il tenta de l'embrasser. Vu du dessous, il ressemblait à un vieux porc poilu dont la peau grasse dégoulinait en plis. Et à cet instant, c'était ce qu'il était : un animal parfaitement dégueulasse, dont la nature primaire était de se souiller par plaisir. Le cœur battant, la peur au ventre, Jazz se débattit de toutes ses forces et, malgré son poids, parvint à le faire tomber du lit. Duke revint aussitôt à la charge, un éclair de démence dans les yeux. Il attrapa brutalement la jeune fille par les jambes, la tira au bord des draps et la retourna sur le ventre.

La voix de Jazz lui revint comme un ultime espoir de réchapper à son bourreau : « NON ! » cria-t-elle. « NON ! »

Mais Duke ne l'entendit pas – une aubaine, il était plus simple pour lui de ne pas entendre l'écho de sa cruauté. Le vieil homme conciliant avait disparu. Il ne demeurait plus que la partie la plus immonde de son être véritable. Il s'agrippa à ce fessier qui lui semblait si parfait et, la veine au front, la bave aux lèvres, démontra que dans cet enfer, il était bel et bien le pire de tous.

# Bilan

Henri Polos poussa la porte de son bureau et découvrit que Jessica Richards l'y attendait, un dossier sous le coude. Il sentit la transpiration ruisseler sur son maigre visage, sortit un mouchoir de sa blouse blanche et épongea son front.

« Désolé de vous avoir fait patienter, Madame Richards. C'est que j'ai pas mal de problèmes sur les bras, depuis hier. »

Jessica, le trait sévère, les lèvres retroussées, le toisa par-dessus ses petites lunettes en demi-lune.

« Oui, et je pense que ça ne s'arrangera pas avec ma venue, déclara-t-elle d'un ton cassant. Venez donc vous asseoir à votre bureau, monsieur Polos. Profitez de tout ce confort mis à votre disposition. » Elle plissa les yeux et ajouta, d'une voix sèche et incisive comme une poignée de cendres : « Tant que vous le pouvez encore ».

Henri déglutit, hocha la tête et prit place sur son fauteuil noir. D'un geste de la main, il invita Jessica à s'asseoir en face de lui – ce qu'elle fit.

« Hum… » Il s'accouda sur son bureau et joignit les doigts en clocher. « Avez-vous lu le rapport ? »

Jessica Richards croisa les jambes.

« De la première majuscule au dernier point. » Elle posa le dossier sur le bureau. Un cerveau séparé en deux par le mot REMOVE était imprimé dessus. « Je n'en ai pas raté une seule lettre. Et je dois dire que j'en ai éprouvé une extrême déception. J'attendais mieux de ce projet – vous nous aviez promis beaucoup mieux. »

Henri s'apprêta à prendre la parole, mais Jessica l'arrêta en levant l'index.

« Un mois, prononça-t-elle. Un seul mois s'est écoulé, et le bateau a déjà sombré. J'ose espérer que vous possédez des arguments assez convaincants pour expliquer un tel échec. »

Henri prit l'air d'un vieux type hagard qui vient de se faire larguer par sa femme.

« Mais je… Vous avez lu le rapport. Tout est expliqué dedans.

— Alors, d'après vous, les profils de vos patients étaient trop *sensibles* ?

— C'est bien cela, confirma Henri. Oui, beaucoup trop sensibles. »

Jessica eut un bref sourire sans joie.

« Je vous rappelle que c'est moi qui ai dressé la liste des assignés au programme *Remove*, monsieur Polos. J'ai sélectionné chacun de ces criminels consciencieusement. Ce sont les profils types des futurs condamnés à mort. Si vous me dites qu'ils ne conviennent pas, alors c'est l'ensemble du projet qui tombe à l'eau.

— Mais... » Henri agita nerveusement les mains au-dessus de son bureau. « Nous pouvons leur retirer un morceau de cerveau, leur effacer la mémoire, les rendre sourds et muets, changer leur nom, leur donner de quoi se divertir... Leur instinct agressif revient toujours à la charge. Il faudrait les emprisonner, les attacher, les castrer. Oui, leur empêcher de s'entretuer serait beaucoup plus facile pour pratiquer nos expériences. »

Jessica s'en cura les ongles.

« Vous savez que tout cela nous est impossible. Pour obtenir des résultats probants, les cobayes doivent conserver une vie active durant la phase de tests. Et de toute façon, si nous souhaitons paraître transparents sur le sort des futurs condamnés à mort, il faut assurer aux associations que nous nous en occupons bien. La convention des droits de l'Homme, ça vous parle ? Effacer leur mémoire était une bonne idée, car ça leur permettait de vivre une sorte de *nouvelle vie* avant la mort. Mais de toute évidence, ça ne fonctionne pas.

— Alors, peut-être devrions-nous envisager de mettre en place autre chose... Je ne sais pas. Faire un genre de ségrégation...

— Non, prononça Jessica d'un ton incisif.

— Pourquoi ?

— Ce n'est pas la couleur de peau, ni l'âge, ni la condition, ni le sexe qui définit un criminel, monsieur Polos. Le matricule J.o.e était un commandant de l'armée de l'air respecté, ça ne l'a pas empêché d'enfermer et de torturer à mort une famille d'Afro-Américains dans sa cave. Le jeune A.d.a.m était aimé par tout son quartier, et pourtant, il a braqué et tué l'épicier du coin de sa rue. D.u.k.e était un professeur diplômé, adulé par ses élèves, et qui s'entendait très bien avec ses voisins. Personne ne se doutait qu'il s'agissait d'un pédophile de la pire espèce, qui violait et étranglait des adolescentes dans sa caravane. » Jessica repoussa ses lunettes en haut de son nez. « J'ai d'ailleurs été heureuse d'apprendre qu'il avait été tué par la jeune J.a.z.z. Elle lui a planté un morceau de verre dans l'œil, c'est ça ?

— Oui, celui du cadre de sa chambre, confirma Henri. Nous l'avons retrouvée auprès du corps de Duke. Il était complètement haché – presque méconnaissable. Elle l'avait poignardé à une centaine de reprises.

— Bien fait ! lâcha Jessica sans dissimuler sa satisfaction. C'était tout ce qu'il méritait. Vous ne croyez pas ? »

Henri n'osa pas acquiescer franchement et hocha timidement la tête.

« Vous l'ignorez peut-être, mais j'ai des enfants, lui confia Jessica. Pour moi, il n'y a pas plus abjecte et lâche qu'un individu qui s'en prend à des enfants. S'il y en a bien un qui devait mourir dans toute cette histoire, c'est lui. S'il n'avait pas péri, je me serais personnellement occupée de son cas. Quelle ironie, quand même… Un pédophile qui s'enferme avec une fille qui a trucidé toute sa famille avec un couteau… » Elle renfrogna le menton. « Un coup du sort… » Elle resta pensive un instant, puis croisa le regard d'Henri. « Bref, nous ne pouvons nous permettre aucune ségrégation. À partir du moment où ils ont tué, ce sont tous devenus des criminels – tous, sans distinction. Vous comprenez ?

— Oui, mais si nous évitions d'enfermer des profils racistes avec des…

— Non, c'est impossible.

— Mais…

— Il va falloir vous mettre en tête que lorsque le président annoncera la restitution de la peine de mort, nous serons surveillés de près, monsieur Polos. Nous ne pouvons pas faire de différence raciale. Si les criminels s'entretuent, c'est leur problème. Mais nous, nous n'avons pas le droit de faire de ségrégation. Tous doivent être traités sur le même pied d'égalité. Tous doivent peser le même poids sur la balance de la justice. » Jessica croisa les bras. « Nous nous autorisons 20 % de pertes au cours du programme. C'est déjà beaucoup. Malheureusement, vous avez largement dépassé ce chiffre. Sur 67 pensionnaires, il ne vous en reste plus que 14. »

Le teint d'Henri devint si pâle que son visage se confondit presque dans une grande peinture de l'Everest accrochée derrière lui.

« Certes… Mais je pense que nous pouvons améliorer ça.

— Et comment ? »

Henri se gratta le front.

« En installant des caméras dans les sanitaires, en retirant les miroirs, en remplaçant le verre par du plastique…

— Et les queues de billard par des frites en mousse ? demanda Jessica d'un ton sarcastique. Arrêtez de vous voiler la face, monsieur Polos. Tout cela ne servira à rien. Des détenus fabriquaient des aiguilles avec du sucre et du papier toilette à Ryker Island pour s'entretuer. Vous vous rendez compte ? *Du sucre et du papier toilette.* Ils n'ont pas besoin d'un espace sécurisé, mais d'une raison de vivre. Ce qu'il leur faut, c'est un endroit pour se repentir, une seconde chance pour se racheter *une conscience.* Nous l'avons vu, effacer leur mémoire ne sert à rien, puisque le pire d'eux ressortira toujours. Nous ne devons pas leur permettre d'oublier, mais seulement d'espérer. » Jessica décroisa les jambes. « C'est pourquoi Clark Vendish m'a demandé de clôturer le programme Remove.

— Quoi ? s'interloqua Henri. Mais nous n'avons même pas procédé à la seconde phase des tests !

— Il ne vous reste que seize individus, monsieur Polos. Et tous sont sûrement anéantis psychologiquement. Vous ne pourrez rien en tirer.

— Mais… laissez-moi au moins essayer de…

— Vous avez échoué à votre fonction, dit Jessica d'un air désolé. Ce n'est plus la peine d'en discuter. Je reviens de Memphis où Fran Goldsmith m'a fait le rapport du programme *Dernière volonté,* et celui-ci s'est révélé être un franc succès. Nous n'avons plus besoin de vous et de vos services, monsieur Polos. »

Henri sembla mollir dans son siège. Son regard suivit une partie de ping-pong invisible. Jessica se leva.

« Ne vous inquiétez pas, vous recevrez de quoi prendre votre retraite au soleil – loin de tout ça. Nous nous débarrasserons des derniers criminels en vie, et nous réhabiliterons cet endroit pour en faire *une fleur* du programme *Dernière volonté* – la fleur d'Attica.

— Vous… Vous faites erreur, prononça Henri dont même les cheveux semblaient avoir fané. Le programme Remove a un énorme potentiel. Si vous m'en laissez encore un. Oui, juste un mois. Je peux vous promettre que nous obtiendrons des résultats probants. »

Jessica lui adressa un mince sourire. Elle tourna les talons, rejoignit la porte du bureau et l'ouvrit.

« Non, dit-elle. Nous vous avons fait confiance. Vous vous êtes bien amusé, mais tout début à une fin. Ce n'était pas un jeu, c'était une expérience. Et elle est terminée. Adieu, monsieur Polos. »

Elle sortit et prit soin de refermer la porte derrière elle.

Le regard d'Henri se posa sur le dossier qu'elle avait abandonné sur son bureau. Il serra les poings, le saisit et bondit de son fauteuil afin de rattraper sa supérieure. Il se précipita dans le couloir et se figea. Il y eut un coup de feu. L'arrière de son crâne s'envola dans une explosion de sang et de morceaux de cervelle. Henri Polos s'écroula au sol, le visage déchiqueté.

Jessica baissa son revolver fumant et s'adressa aux deux types lourdement armés postés derrière elle.

« Tuez tout le monde, ramassez les corps et faites tout brûler ! » ordonna-t-elle.

Les soldats acquiescèrent de la tête et s'éloignèrent.

« Les incendies, ça arrive. Un vieil entrepôt abandonné sur les hauteurs d'Attica, qui s'en souciera ? » murmura Jessica pour elle-même. Elle posa son regard sur le corps gisant d'Henri Polos. « Vous aviez raison sur un point : effacer ce qui nous dérange est souvent un mal nécessaire… » Elle tourna les talons. « Pour le bien de tous. »

*Vous avez apprécié ce livre ?*

*Prêtez-le, parlez-en autour de vous, partagez votre avis. Vous pouvez aussi laisser un commentaire sur Babelio.com ou Amazon.fr.*

*Je vous en serai extrêmement reconnaissant.*

---

*Cette histoire a entamé votre curiosité ?*
*Allez plus loin encore et pénétrez au sein d'une prison pas comme les autres.*

https://www.amazon.fr/dp/B088ZQJWW2/ref=cm_sw_e
m_r_mt_dp_FYT9GQJXEH4PAAD30CDF

---

*Vous aimez la dystopie ?*
*Frissonnez devant la fin du monde.*

https://www.amazon.fr/dp/B0916CKYMV/ref=cm_sw_e
m_r_mt_dp_D7ERDQ1ZFV4KAXFW3BY9

---

*Vous désirez me parler de ce livre, de certaines choses que vous avez aimé/moins aimé … N'hésitez pas à me contacter via mon site Internet :* pticrayon.fr

*Je serai heureux de vous répondre.*

Printed in Great Britain
by Amazon

33305120R00049